002

Retime

銀河鐵道之夜

銀河鉄道の夜

宮澤賢治◎著
賴庭筠◎譯

高寶書版集團

高寶書版集團
gobooks.com.tw

RR02
銀河鐵道之夜
作　　者：宮澤賢治
譯　　者：賴庭筠
編　　輯：鄭淑慧
校　　對：尹嘉玄
美　　編：蕭旭芳
排　　版：彭立瑋
照片提供：日本近代文學館
出　　版：英屬維京群島商高寶國際有限公司台灣分公司
Global Group Holdings, Ltd.
地　　址：台北市內湖區洲子街88號3樓
網　　址：gobooks.com.tw
電　　話：(02) 27992788
電　　郵：readers@gobooks.com.tw（讀者服務部）
pr@gobooks.com.tw（公關諮詢部）
電　　傳：出版部　(02) 27990909　行銷部　(02) 27993088
郵政劃撥：19394552
戶　　名：英屬維京群島商高寶國際有限公司台灣分公司
發　　行：希代多媒體書版股份有限公司/Printed in Taiwan
初版日期：2013年2月

國家圖書館出版品預行編目 (CIP) 資料

銀河鐵道之夜 / 宮澤賢治著；賴庭筠譯 . -- 初版 . --
臺北市：高寶國際出版：希代多媒體發行，2013.02
面；公分 . --（閱讀經典；RR02）
譯自：銀河鉄道の夜
ISBN 978-986-185-805-0（平裝）

861.59　　101027750

宮澤賢治　　（照片提供：日本近代文學館）

—出版緣起—

現在正是重新閱讀宮澤賢治的好時機。

二〇一一年三月十一日，日本東北地區發生規模九級的強烈地震，地震引發的海嘯淹沒了道路、農田，所到之處房屋毀壞，許多人一夕間失去家園、摯愛的家人。全世界的人們透過新聞畫面，目睹這驚心動魄的一幕幕，除了在心中為受災者祈福，更實際付出行動捐獻物資，為遭遇浩劫的日本人民盡一份心力。

知名演員渡邊謙為了替災民打氣，朗誦了宮澤賢治的詩〈不畏風雨〉，詩裡的一字一句，透過他堅定沉穩的聲音，撫慰因天災地變而惶惶不安的人心，為日本帶來重新振作的勇氣與堅定力量。畫面透過媒體網路傳遍世界各地。在末日預言沸沸揚揚的時代，這首詩連結起每一顆不安的人心，形成強而有力的牽絆。

為何渡邊謙當下要選擇朗誦〈不畏風雨〉這首詩？宮澤賢治又是何許人也？凡是

熟悉日本文化，甚至是稍有涉獵的人，對這個名字應該都不陌生。

宮澤賢治出身東北地區岩手縣的花卷市，畢生致力農民運動與詩歌、文學創作。關於宮澤賢治在日本的地位，文藝評論家鄉原宏曾這麼說過：

日本最有名的一首詩，應該就是宮澤賢治的〈不畏風雨〉吧。即使是無法唱完整首國歌〈君之代〉，或是記不住憲法前文的人，也一定會背誦這首詩的前幾行。（中略）理由相當簡單。因為中學或高中的國文教科書裡都有收錄這首詩。在昭和年代後期度過青春期的七成國民，在校時都學過這首詩。就算是現在，這首詩在教科書的收錄率依舊鶴立雞群。說到國民詩人這個稱呼，宮澤賢治當之無愧。

諷刺的是，直至三十七歲離世那年，賢治在文壇上一直沒沒無聞。就連至今最膾炙人口、廣受喜愛的〈銀河鐵道之夜〉生前也未曾發表。之所以能成為日本人盡皆知的國民作家，除了他自身的才氣之外，賢治過世後，其弟清六與部分文人親友的推廣功不可沒。

然而，在一連串的造神運動之下，賢治成了三歲背誦經文的神童、出身富家卻投身農民運動、終身未婚為他人奔波過勞而死的「聖人」。然而，宮澤文學的多樣性卻也容易被這樣的「神性」所限制。近年來，有關宮澤文學的評價日趨多元。關於賢治文學的特質，日本首屈一指的宮澤賢治研究家天澤退二郎的見解，恐怕是最為恰當的。

想用一句話道盡宮澤賢治的特質是件相當困難的事。因為宮澤賢治的人與作品，在本質上是多彩、多樣且複雜的。不，用「單純」來形容，恐怕最為恰當。不過，那樣的「單純」，就像「真空」中隱藏了無限可能的契機那般，蘊藏著令人驚奇的多樣性。

正如天澤所言，賢治澄淨透明的文字裡蘊含的廣大世界與多樣性，正是讓他的文學跨越時空，百年之後仍舊能夠感動人心的原因。在徬徨不安的年代，他的文字是最撫慰人心的力量，人間的一切複雜、離奇、蒼涼、慘烈和詭異，都在他的作品中被徹底洗淨，轉換成全新的勇氣。

在新版中，我們收錄了十四篇作品；其中有賢治最膾炙人口的代表作，也有讀者較不熟悉的異色作品。為了讓譯文更貼近作者原著的風格，捨去了華而不實的文字堆砌，以平實的用字呈現書中那個純淨澄澈的世界，並忠實呈現賢治文學中特有的音律節奏。此外，我們從眾多相關論文著作中，整理收錄了六則與賢治有關的小專欄，讓讀者在閱讀的過程中，可以更加貼近他人性化的一面，進而增進閱讀的樂趣。

最後，我們想要引用賢治的一句話做結尾。「我所寫的故事，全都來自森林、原野、鐵道線路、彩虹或月光。（中略）衷心希望這些小故事裡，有些部分最後能夠成為您澄澈透明的精神食糧。」

期望這本書能與讀者們一起分享最美的感動、共同見證百年經典的不朽。

高寶書版編輯部

● 1904-1905 日俄戰爭

百年不朽的靈魂 宮沢賢治

生年表

Birth — 12歲
(明治 29-41)

宮澤賢治出生岩手縣稗貫郡花卷町（現花卷市），宮澤一族是當地頗具資產的名門望族。父親政次郎經營當舖與舊衣舖，母親阿市亦出身富商之家。出生那年，東北地方發生了三陸大海嘯與大洪水、陸羽大地震。

賢治幼年時期便表現出對宗教的異常關心和對文學的敏銳天賦。九歲那年創作了長詩〈四季〉。

幼年時的他熱衷於採集礦、植物，以及昆蟲標本的製作，還被稱為「石獃子賢治」。賢治所出生的東北地方是日本最貧瘠的地區，並經常有海嘯、地震、農作歉收等天災侵襲，居民生活窮苦，生於富裕之家的賢治，因為從小接觸佛法，因此對於貧困農民抱有極深的同情。

創作：

- 明治38（1906）年9歲，沉迷於童話閱讀，並創作了長詩〈四季〉。

● 1911 辛亥革命
● 1914 第一次世界大戰爆發
● 1917 俄國革命

13歲 — 21歲
(明治42-大正06)

自高等小學畢業，六年來的成績全都是甲等。之後進入縣立盛岡中學校，寄宿在校。經常在附近山野散步採集岩石標本，中學時期的賢治經常一個人獨自攀爬岩手山，並開始創作短歌。十七歲那年，參與集體抵制新舍監的活動，四、五年級生遭到處分全被逐出宿舍。寄居於盛岡市的寺廟，並開始閱讀屠格涅夫等俄國文學。

盛岡中學校畢業，成績退步。之後因鼻部手術入住岩手醫院，與悉心照護的護士相戀，卻遭到父親反對。感情不如意的打擊，加上對自家壓榨貧苦農民獲取利益的買賣感到嫌惡，不願繼承家業。對於將來的不確定，使他終日鬱悶。秋天，讀了島地大等編輯的《漢和對照 妙法蓮華經》，受到極大的感動。父親政次郎終於答應賢治升學，開始發憤苦讀，以第一名的成績進入盛岡高等農林學校農業科第二部。自此時期開始，賢治時常在校刊與同人誌上發表短歌、小品文等創作。

創作：

- 大正5年（1916）20歲，在《校友會會報》，以「健吉」之名發表了二十九首短歌。
- 大正6年（1917）21歲，與同校友人創刊同人誌《杜鵑花》，發表短歌、小品文。並在《校友會會報》上，以筆名「銀縞」發表過短歌。

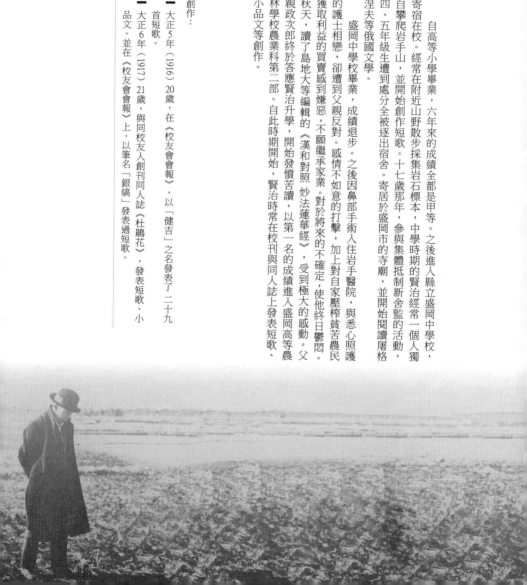

● 1919 第一次世界大戰結束
● 1923 關東大地震

22歲—29歲
(大正07-大正14)

自盛岡高等農林學校畢業，進行稗貫郡的土質調查，開始童話創作。在東京求學的妹妹宮澤敏因病住院，賢治與母親一起前往東京照護。之後伴隨痊癒出院的妹妹回到花卷，從事家業。這段時期給親友的信中寫道：「現在我正過著黑暗的生活。」

大正9年（1920）二十四歲，加入國柱會，致力傳教。因要求父親改變宗教信仰，兩人發生激烈爭論。憤而離家前往東京，從事抄寫校對工作，午後在街頭進行傳教。這段期間創作了大量的童話。接獲妹妹敏生病的消息，帶著一大箱原稿返鄉。這年，他創作了《要求很多的餐館》。之後在《愛國婦人》分次連載童話〈渡雪原〉，稿費五圓。這是賢治生前唯一的稿費收入。12月就任農學校教師，從事代數、農業製造、作物、化學、英語、肥料、氣象、土壤的教學，還有水田耕作的習作。

擔任教職的同時，開始了詩集《春與修羅》的創作。並開始獨自學習德語與世界語。這段期間，賢治曾委託弟弟清六帶著童話的原稿到東京出版社投稿，卻不獲得採用。大正11年二十六歲那年，療養中的妹妹敏死亡，賢治受到極大打擊。大正13年（1924）4月自費出版詩集《春與修羅》一千本。12月，出版了伊哈托威（IHATOV）童話《要求很多的餐館》。這時候開始了〈銀河鐵道之夜〉的創作。

創作：

━ 大正7年（1918）22歲，創作了童話〈蜘蛛與蛞蝓與狸貓〉、〈雙子星〉，並閱讀給弟妹聽。這是賢治童話創作的起點。

━ 大正10年（1921）25歲，《要求很多的餐館》、〈渡雪原〉。

━ 大正11年（1922）26歲，創作詩歌〈折射率〉、〈鞍掛山的雪〉，並開始詩集《春與修羅》的創作。童話〈水仙月的四日〉、〈貝之火〉。悼妹詩群〈永訣之朝〉、〈無聲慟哭〉。

● 1931 滿州事變

- 大正12年（1923）27歲，童話〈山梨〉、〈冰河鼠的皮毛〉等作。
- 大正13年（1924）28歲，詩集《春與修羅》。伊哈托威（IHATOV）童話《要求很多的餐館》。開始〈銀河鐵道之夜〉的創作。

30歲—37歲
(大正15–昭和08)

三十歲那年，陸續在雜誌上發表童話創作。3月底離開學校教職後展開獨居生活。設計花壇、開墾、聚集當地青年舉辦唱片鑑賞會或合奏練習。並設立了羅須地人協會，向農村青年及農業生產者講授稻作種植法、自然科學與農民藝術概論。閒暇時會閱讀童話給附近的孩子們聽。這一年，宮澤家收掉原本的當鋪、舊衣鋪。

昭和3年三十二歲，東北大旱，8月因擔心稻作歉收在風雨中四處奔走而染上胸膜炎，發燒臥病在床，回到父母身邊療養，12月罹患了急性肺炎，之後於病榻上開始了文言詩的創作。之後病情一度好轉，成為東北碎石工廠技師。陸續發表童話與詩作，昭和8年（1932）9月20日病狀惡化，留下兩首短歌（絕命歌）。當天晚上七點回應農民的肥料諮詢約一個小時。隔天21日突然嚴重吐血。留下印刷一千本《國譯法華經》發給知己好友的遺言，於下午一點半死亡。隔日安葬在安淨寺。這一年，東北地方豐收。

創作：

- 大正15年・昭和元年（1926）30歲，童話〈奧茲貝爾和大象〉、〈座敷童子的故事〉、〈貓咪事務所〉。
- 昭和6年（1930）35歲，童話〈北守將軍與三兄弟醫生〉。開始童話〈風之又三郎〉的創作。詩作〈不畏風雨〉。
- 昭和7年（1931）36歲，童話〈卜多力的一生〉。

目錄

《要求很多的餐館》

自序

人可以食用猶如冰糖般珍貴澄澈的風兒，啜飲朝陽美麗的桃紅色日光。

我時常在田野或森林中，親眼目睹原本襤褸破爛的衣服，突然變成珍貴的天鵝絨或紗羅材質、上頭鑲嵌閃亮寶石裝飾的美麗衣裳。

我喜歡這些美麗的食物與衣裳。

我所寫的故事，全都來自森林、原野、鐵道線路、彩虹或月光。

當一個人獨自通過黃昏時分的藍色柏樹林，渾身發抖站在十一月的山風中，我真的有這樣的感覺。這樣的感覺，驅動我將當時浮現在心頭一幕幕的場景，全都寫了下來。

因此，這些故事當中，也許有些會對您有益處，有的沒有，關於這一點我自己也無法分辨其中差別。其中有些部分，或許您讀了會覺得一頭霧水，其實我也不知道為什麼會寫出這些內容。

雖說如此，我仍衷心希望這些小故事裡，有些部分最後能夠成為您澄澈透明的精神食糧。

大正十二年十二月二十日　宮澤 賢治

渡雪原

渡雪原

像你們這麼厲害的人，怎麼可能看不出來是真的麻糬還是兔子便便呢？人家一直說我們狐狸會騙人，真是太冤枉了。

其一　小狐狸紺三郎

雪地凍得比大理石還堅硬，冷冽的天空猶如一塊冰冷光滑的青石板。

「硬邦邦的冰雪呀，粉撲撲的細雪呀。」

白晃晃的太陽不停燃燒，將飄散百合花香的雪地照得閃閃發亮。

樹枝上結滿發亮的霜，彷彿掛著一串串粗砂糖。

「硬邦邦的冰雪呀，粉撲撲的細雪呀。」四郎和歡子穿著小雪靴，踢踢踺踺地奔向原野。

還能有哪一天比今天更有趣呢？無論是平常無法通行的玉米田，還是長滿芒草的原野，今天想去哪裡就去哪裡。雪地上一片平坦，就像擺了許多小小的鏡子，將四周照得亮堂堂的。

「硬邦邦的冰雪呀，粉撲撲的細雪呀。」

兄妹倆來到森林附近。高大的柏樹因為樹枝上滿是晶瑩剔透的冰柱，沉重地彎下了身軀。

「硬邦邦的冰雪呀，粉撲撲的細雪呀。小狐狸呀小狐狸，娶新娘呀娶新娘。」

他們對著森林高聲喊道。

經過片刻寧靜，兩人深呼吸，準備再喊一次。此時，森林裡傳出：

「粉撲撲的細雪呀，硬邦邦的冰雪呀。」

一隻白色的小狐狸格登格登地走出森林。

四郎有些驚訝，連忙將歡子拉到身後，接著奮力打開雙腳，大聲說道：

「小狐狸呀小狐狸，你要新娘我給你。」

那狐狸雖小，卻捻著銀針般的鬍鬚說：

「四郎呀四郎，歡子呀歡子，我才不要新娘。」

四郎笑道：

「小狐狸呀小狐狸，新娘不要，年糕要不要？」

小狐狸搖了搖頭，興味盎然地說：

「四郎呀四郎，歡子呀歡子，小米麻糬要不要？」

歡子太興奮了，躲在四郎身後輕聲地唱：

「小狐狸呀小狐狸，狐狸的麻糬是兔子便便。」

小狐狸紺三郎聽了笑著說：

「怎麼可能會有這種事。像你們這麼厲害的人，怎麼可能看不出來是真的麻糬還是兔子便便呢？人家一直說我們狐狸會騙人，真是太冤枉了。」

「所以人家說你們狐狸會騙人，那是假的嗎？」

紺三郎熱心地說：

「當然是假的，而且是最過分的假話。那些說狐狸會騙人的人，不是喝醉了就是膽小怕事。告訴你們一件有趣的事。前一陣子，甚兵衛有一天坐在我們家門口，唱淨琉璃唱了一整晚。大家都跑出來看了。」

四郎大叫：

「如果是甚兵衛，一定不是淨琉璃，是浪花節。」

小狐狸紺三郎一臉恍然大悟地說：

「嗯，或許是吧。反正你們來吃麻糬嘛。我的麻糬，可是我自己耕田、播種、除草、收成、製粉、揉粉、蒸熟、撒糖的。怎麼樣？要不要來一盤？」

四郎笑道：

「紺三郎，我們剛剛才在家裡吃了年糕，真的不餓呢。下次怎麼樣？」

小狐狸紺三郎高興地揮舞自己的短手：

「這樣啊，那就下次幻燈會請你們來吃吧。你們一定要來幻燈會哦！下次雪地結凍的晚上八點。先給你們入場券吧，需要幾張呢？」

「給我五張吧。」四郎回道。

「五張？除了你們另外三張還有誰呢？」紺三郎問。

「還有我們哥哥。」四郎答道。

「你們哥哥都不滿十一歲嗎？」紺三郎又問。

「小哥哥現在四年級，八歲加四歲，他十二歲。」

紺三郎認真地捻著鬍鬚說：

「那真是不好意思，就你們來吧，你們哥哥不能參加。我會為你們準備貴賓席。這次要放的幻燈片很有趣哦。第一張是『不要喝酒』，拍的是你們村子的太右衛門和清作，他們喝了酒，竟然因為眼花，想吃原野裡奇怪的饅頭和麵條。那張照片裡還有拍到我呢。第二張是『小心陷阱』，那張是畫，不是照片。畫的是我們紺兵衛在原野掉入陷阱的畫。第三張是『星星之火』，主角是我們勘助，他那時候到你們家，尾巴竟然燒起來了。請你們一定要來。」

四郎和歡子開心地點頭。小狐狸撇了撇嘴，模樣有點好笑。接著他踢踢躂躂咚咚、踢踢躂躂咚咚地踏步，還搖頭晃尾地像是在思考什麼事情。最後，終於揮舞雙手，一邊打拍子一邊唱：

「粉撲撲的細雪呀，硬邦邦的冰雪呀。

原野裡的饅頭熱呼呼。

喝醉的太右衛門搖呀搖，
去年吃了三十八。
粉撲撲的細雪呀，硬邦邦的冰雪呀。
原野裡的麵條熱呼呼。
喝醉的清作搖呀搖，
去年吃了一十三。」
四郎、歡子深受吸引，和狐狸一同跳起舞來。
踢踢、躂躂、咚咚。踢踢、躂躂、咚咚。踢踢、躂躂、踢踢、躂躂、咚咚咚。
四郎唱：
「小狐狸呀小狐狸，去年狐狸紺兵衛，左腳踩進陷阱裡，哎呀哎呀哎呀呀。」
歡子也唱起：
「小狐狸呀小狐狸，去年狐狸勘助呀，想吃烤魚燒屁股，哎唷哎唷哎唷唷。」
踢踢、躂躂、咚咚。踢踢、躂躂、咚咚。踢踢、躂躂、踢踢、躂躂、咚咚咚。

他們一邊跳一邊走進森林裡。日本厚樸封蠟般的鮮紅嫩芽，隨風搖曳，閃閃發光。森林裡的雪地上，藍色樹影看起來就像一面網子，陽光照耀之處，彷彿一朵朵盛開的銀色百合。

小狐狸紺三郎說：

「我們來叫小鹿吧，小鹿很會吹笛子呢。」

四郎和歡子拍手叫好，接著他們一同喊道：

「硬邦邦的冰雪呀，粉撲撲的細雪呀。小鹿呀小鹿，娶新娘呀娶新娘。」

另一邊隨即傳來輕柔的聲音：

「北風蕭蕭風三郎，西風瑟瑟又三郎。」

小狐狸有些看不起小鹿，噘著嘴說：

「小鹿就是這麼膽小，不會到這裡來，不過我們還是可以再叫一次。」

於是他們再次喊道：

「硬邦邦的冰雪呀，粉撲撲的細雪呀。小鹿呀小鹿，娶新娘呀——娶新娘。」

雖然有聲音傳來，但分不清楚是風聲、笛聲還是小鹿的歌聲。

「北風蕭蕭，哎唷哎唷。

西風瑟瑟，嘿咻嘿咻。」

小狐狸又捻了捻鬍鬚說：

「雪地變軟，路就不好走了，你們快回家吧。記得下次雪地結凍的晚上來哦，我們會辦幻燈會。」

「硬邦邦的冰雪呀，粉撲撲的細雪呀。」

四郎、歡子一邊唱歌，一邊走過銀色的雪地。

「硬邦邦的冰雪呀，粉撲撲的細雪呀。」

其二　狐狸小學的幻燈會

到了農曆十五日，青白色的滿月靜靜自冰山邊升起。雪地散發著青色的光芒，堅硬冰凍得像寒水石一樣。

四郎想起和小狐狸紺三郎的約定，輕聲問妹妹歡子：

「今天晚上小狐狸要辦幻燈會呢，我們要不要去？」

歡子高興得跳了起來。

「要去，要去！小狐狸呀小狐狸，小小狐狸紺三郎。」

二哥二郎聽到也說：

「你們要去找狐狸玩嗎？我也想去。」

四郎縮了縮肩膀，有點傷腦筋的樣子。

「二哥，入場券上寫說，狐狸的幻燈會只有十一歲以下的小孩才可以參加呢。」

「什麼？我看看。哈哈，若非本校學生之親屬，嚴禁十二歲以上來賓入場。狐狸們還蠻能幹的嘛。那沒辦法，我就不去啦。對了，你們帶點年糕去吧，那個供神用的年糕。」

四郎、歡子穿上小雪靴，背著年糕出門了。

他們的哥哥一郎、二郎、三郎站在門口喊道：

「去吧。遇到大狐狸的時候，記得要立刻閉上眼睛哦。來，我們幫你們喊吧。硬邦邦的冰雪呀，粉撲撲的細雪呀。小狐狸呀小狐狸，娶新娘呀娶新娘。」

滿月高掛夜空，森林瀰漫著一股蒼茫的霧氣。四郎和歡子來到森林入口。

他們看見一隻胸前別著橡果徽章的白色小狐狸。

「晚安。你們來得好早哦。有帶入場券嗎？」

「有。」他們拿出入場券。

「請往這邊走。」眼睛眨呀眨的小狐狸認真地彎腰致意，用手指著森林深處。

月光像好幾根藍色的棒子，斜斜地穿進森林裡。他們走向森林裡的空地。

空地上聚集了許多狐狸小學的學生，有些在互扔栗子皮、有些在玩相撲。最好笑的是，有老鼠般大小的小狐狸站在稍微大一些的小狐狸肩膀上，一副想把星星摘下來的樣子。

一條白色的床單掛在大家面前的樹上。

突然，四郎與歡子的背後傳來：

「晚安，歡迎你們來，前幾天謝謝你們。」

他們嚇了一跳，回頭看，原來是紺三郎。

紺三郎一身筆挺的燕尾服，胸前還別著水仙花。他用一條純白的手帕擦拭自己尖尖的嘴巴。

四郎微微彎腰致意：

「謝謝你邀請我們參加今天晚上的活動，這些年糕請大家一起吃。」

狐狸小學的學生們都看著四郎與歡子。

紺三郎挺起胸膛，誠懇地收下年糕。

「真是不好意思，還讓你們帶禮物來。請慢慢享受這個夜晚，幻燈會馬上就要開始了。」

紺三郎拿著年糕往另一邊走去。

狐狸小學的學生們齊聲高呼：

「硬邦邦的冰雪呀，粉撲撲的細雪呀。硬年糕呀硬梆梆，白年糕呀白亮亮。」

狐狸們在布幕旁掛上一塊大板子，上頭寫著：

「銘謝人類四郎、人類歡子之贈禮：很多年糕。」

狐狸小學的學生們高興得拍起手來。

此時，嗶——地一聲，笛聲響起。

紺三郎自幕後走到幕前，他清了清嗓子，接著認真地鞠躬致意。大家都安靜下來。

「今晚天氣真好，滿月像用珍珠做成的盤子、星星像凝結在原野上的露珠。我在此宣布幻燈會正式開始，請各位不要眨眼睛，也不要打噴嚏，好好地觀賞。

「另外，今晚我們有兩位重要的貴賓，請大家一定要安靜，別把栗子皮扔到貴賓那裡去。以上是我的開幕致辭。」

大家都高聲鼓掌。四郎輕聲對歡子說：

「紺三郎口才真好。」

嗶——笛聲響起。

布幕上出現「不能喝酒」四個大字，接著出現一張照片。畫面裡是一個喝醉的人類爺爺，他手裡抓著一個感覺怪怪的圓形物體。

大家用腳打著拍子唱道——

踢踢躂躂咚咚，踢踢躂躂咚咚

「粉撲撲的細雪呀，硬邦邦的冰雪呀。

原野裡的饅頭熱呼呼。

喝醉的太右衛門搖呀搖，

去年吃了三十八。」

踢踢躂躂咚咚，踢踢躂躂咚咚

畫面消失後，四郎輕聲對歡子說：

「這是紺三郎做的那首歌。」

接著布幕上出現另外一張照片。畫面裡是個喝醉的人類青年，他把頭伸進用日本厚樸葉片做成的碗，不知道在吃些什麼；而身穿白色和服的紺三郎站在對面看著他。

大家用腳打著拍子唱道——

踢踢躂躂咚咚，踢踢躂躂咚咚

「粉撲撲的細雪呀，硬邦邦的冰雪呀。

原野裡的麵條熱呼呼。

喝醉的清作搖呀搖，

去年吃了一十三。」

踢踢躂躂咚咚，踢踢躂躂咚咚

畫面消失後，大家稍事休息。

有個感覺很可愛的小狐狸女生，端了兩盤小米麻糬來。

四郎很害怕，因為他們才剛看了太右衛門、清作在糊里糊塗的情況下，把一些感覺很奇怪的物體吃進肚子裡。

狐狸小學的學生們都在看他們，還交頭接耳地說：「他們會吃嗎？你覺得他們會吃嗎？」端著盤子不知該如何是好的歡子臉好紅。四郎下定決心說：

「吃吧，我們吃吧，我覺得紺三郎不會騙我們。」他們把盤子裡的小米麻糬都吃進肚子裡。那麻糬真是美味極了。狐狸小學的學生們看了，全都高興得跳起舞來。

踢踢躂躂咚咚，踢踢躂躂咚咚

「白天陽光大又大
夜晚月光亮又亮
就算四分又五裂
狐狸學生不撒謊」

踢踢躂躂咚咚，踢踢躂躂咚咚

「白天陽光大又大
夜晚月光亮又亮
哪怕捱餓又受凍
狐狸學生不偷盜」

踢踢躂躂咚咚，踢踢躂躂咚咚

「白天陽光大又大
夜晚月光亮又亮
哪怕千刀又萬剮
狐狸學生不妒恨」

踢踢躂躂咚咚，踢踢躂躂咚咚

四郎與歡子感動落淚。

嗶——笛聲再次響起。

布幕上出現「小心陷阱」四個大字，接著出現一幅畫。畫裡是狐狸紺兵衛左腳踩進陷阱裡的情景。

大家唱道：

「小狐狸呀小狐狸，去年狐狸紺兵衛，左腳踩進陷阱裡，哎呀哎呀哎呀呀。」

四郎輕聲對歡子說：

「這是我做的歌呢。」

畫消失後，布幕上出現「星星之火」四個大字，接著出現一幅畫。畫裡是狐狸勘助想偷吃烤魚，尾巴卻著火了的情景。

大家高聲呼叫：

「小狐狸呀小狐狸，去年狐狸勘助呀，想吃烤魚燒屁股，哎唷哎唷哎唷唷。」

嗶——笛聲響起，幕前亮起，紺三郎再度出來致辭：

「謝謝大家，今晚的幻燈會到此結束。過了今晚，大家絕對不能忘記一件事。有兩位聰明而且沒喝醉的人類小孩，品嘗了我們狐狸做的食物。大家長大之後也不能騙人，要努力消除至今人類對我們的誤解。以上是我的閉幕致辭。」狐狸學生們感動得站起來舉起雙手歡呼，並落下閃閃發光的眼淚。

紺三郎走到四郎和歡子面前，深深一鞠躬。

「再見了，我永遠不會忘記你們今晚的恩情。」四郎和歡子向紺三郎致意後準備回家。狐狸學生們追上他們，不停往他們懷裡、口袋裡塞進橡果、栗子還有散發綠色光芒的石頭。

「這給你們。」「請收下。」接著就像一陣風般跑了回去。

紺三郎面帶微笑地看著這一幕。

兄妹倆走出森林，來到原野。

白雪茫茫的原野上有三個黑影朝著他們移動，原來是來接他們的三個哥哥。

橡果與山貓

接著馬車伕噹噹地打鈴，鈴聲響徹整片森林。金黃色的橡果們稍微安靜下來。山貓不知何時已經換上了黑色的緞紋長服，充滿威嚴地坐在橡果們面前——

橡果與山貓

一郎在某個星期六傍晚收到一張奇怪的明信片——

> 金田一郎先生　九月十九日
> 感覺你很有精神，非常好。
> 明天要審理一樁麻煩的案件，
> 邀請你前來參加，但請不要帶槍。
>
> 山貓敬上

明信片上的字跡潦草極了，墨跡髒髒的，一不小心就會沾到手。但一郎卻開心得不得了。他將明信片小心翼翼地收進學校的書包裡，在家裡興奮地跳來跳去。

躺在床上的他，一想起山貓喵嗚一吼的那張臉，以及即將面臨的麻煩案件，就心癢難耐遲遲無法入睡。

隔天睜開眼睛，天已經亮透了。一郎站在門口向外望，群山彷彿新生般水潤，在蔚藍的天空下綿延成疊。一郎連忙吃完早餐，獨自沿著河流旁的小路往上走。

一陣清風奮力吹過，栗子樹上的果實紛紛掉落。一郎仰望栗子樹問道：

「栗子樹啊、栗子樹啊，山貓有經過這裡嗎？」栗子樹想了一下回答：

「山貓今天一早就坐馬車趕到東邊去囉。」

「可是我現在走的方向正是東邊呢。真奇怪，我再往前走一段好了，謝謝你。」

栗子樹沉默不語，任憑果實紛紛掉落。

一郎再稍微向前走一些，那裡是「吹笛瀑布」。吹笛瀑布位於純白的石崖邊，岩壁上有個小洞，水就從那個小洞湧進山谷裡，形成一道瀑布，那水聲就像有人在吹笛子一般。

一郎對著瀑布大喊：

「哈囉，吹笛瀑布，山貓有經過這裡嗎？」

瀑布嗶——嗶——地回答。

「山貓坐馬車趕到西邊去囉。」

「真奇怪，西邊應該是往我家的方向啊。沒關係，我再往前走一下，謝謝你。」

瀑布又一如往常般吹起笛子來。

一郎繼續向前走，眼前一棵山毛櫸下長了好多白色香菇，正咚咚噹咚咚噹地演奏著奇怪的樂曲。一郎彎下腰問道：

「哈囉，香菇，山貓有經過這裡嗎？」香菇回答：

「山貓今天一早就坐馬車趕到南邊去囉。」一郎歪頭陷入沉思。

「南邊是往深山去的方向，真奇怪。沒關係，我再走一段看看吧，謝謝你們。」

香菇們忙碌地繼續咚咚噹咚咚噹地奏樂。

一郎繼續向前走，看見一隻松鼠在橡樹樹梢跳啊跳的，一郎立刻伸手請松鼠停下來，開口問道：

「哈囉，松鼠，山貓有經過這裡嗎？」站在樹上的松鼠將手放在額頭上遮擋陽光，看著一郎說：

「山貓今天一早天還沒亮，就坐馬車趕到南邊去囉。」

「到南邊去……這已經是第二次聽到了，真奇怪。不過我還是再走一段看看吧，謝謝你。」一郎說話的時候，松鼠已經不見蹤影，只剩橡果在最上方的枝頭搖晃，一旁的樹葉反射著太陽的光芒。

一郎又向前走了一些，河邊小路越來越窄，最後終於到了盡頭。接著一郎走向河流南邊一條通往榧樹林的小路。沿著小路前進，榧樹茂密的枝葉層層相疊，完全不見天日。小路接著一道陡坡，一郎脹紅著臉、汗流浹背爬上坡道後，眼前豁然開朗，頓時有些刺眼。那是一片美麗的金色草原，野草隨風搖擺發出沙沙聲響。草原四周都是橄欖色的榧樹。

一個又矮又怪的男人蹲在草原正中央，手持皮鞭，默默凝視著一郎。

一郎走近男人身旁，嚇得停下了腳步。男人只有一隻眼睛看得見，看不見的白色眼珠轉呀轉地盯著一郎。此外，他不僅奇裝異服，雙腳還如山羊般嚴重扭曲，腳尖猶如飯勺。雖然一郎覺得害怕，還是盡可能沉著地問道：

「你認識山貓嗎？」

那個男人瞥了一郎一眼，撇嘴沉吟半晌後才笑著說：

「山貓大人很快就會回來，你是一郎先生吧。」

一郎嚇了一跳，往後倒退一步說：

「對，我是一郎，你怎麼知道？」那個奇怪的男人露出詭異的笑容：

「所以你看過明信片了吧？」

「看了，所以我才會來。」

「那張明信片寫得很差吧。」男人低著頭有些難過地說。一郎的同情心油然而生：

「會嗎？我倒覺得文筆很好呀。」

男人聽了很是高興，不僅呼吸變得急促，臉更是一路紅到耳根。男人敞開衣領，讓風吹進衣服裡。接著問道：

「那字好看嗎？」

一郎笑著回答：

「好看啊，五年級學生可能寫不出那樣的字呢。」

男人瞬間顯得有些不悅。

「五年級……是說一般的小學五年級嗎？」由於他的聲音聽起來實在很沮喪，一郎連忙解釋：

「不不不，是大學五年級。」

男人開心極了，笑意全寫在臉上。他笑著大喊：

「那張明信片是我寫的哦。」

一郎忍住笑意問道：「請問你是……」

男人連忙一臉嚴肅地說：

「我是山貓大人的車伕。」

此時一陣風吹過，草就像波浪般隨風搖曳。車伕突然慎重地行禮。

一郎覺得詫異，回過頭去一看，才發現山貓站在他的後方。山貓披著陣羽織[1]般的黃色上衣，綠色的眼睛睜得又圓又大。山貓的耳朵好尖啊——一郎還在心裡嘀咕的時候，山貓畢恭畢敬地行了個禮，一郎也慎重地回禮。

「你好，謝謝你昨天寄來的明信片。」

1 日本武士穿在盔甲外的上衣。

山貓捻了捻鬍鬚，挺著肚子說：

「你好，歡迎你來。其實這件麻煩的糾紛發生在前天，審理起來真是有點傷腦筋，所以才想聽聽你的意見。在那之前，請先好好休息。橡果們應該等一下就會過來了，為了這件事，他們可是爭吵個不休呢。」山貓從懷中取出菸草盒，自己叼了一根，接著將盒子舉至一郎面前問道：

「你要不要也來一根？」一郎有點驚訝地回答：

「不用。」山貓聽了大笑說：

「哈哈，因為你還年輕。」接著咻地一聲點燃火柴，刻意皺著眉頭，吐出一團白色煙霧。儘管山貓的車伕還是正經八百地原地立正，但他拚命忍著對菸草的渴望，最後竟然淚流滿面。

此時，一郎腳邊傳來鹽巴大量灑落般的聲響。一郎驚訝地彎下腰去看，發現雜草裡滿是金黃色的圓球，閃耀著奪目的光芒。仔細一瞧，那些都是穿著紅色短褲的橡果，算一算數量，至少有三百顆以上。橡果們吱吱喳喳地吵個不停。

「啊，來了，跟螞蟻一樣成群結隊地來了。喂，快點打鈴。還有，今天的陽光很充足，順便把草修一修。」山貓丟掉手裡的菸草，匆匆交代車伕；馬伕也慌張地從腰間取出一把大鐮刀，迅速修整山貓面前的雜草。這樣一來，閃閃發光的橡果們從四周的雜草中一顆顆滾出來，吱吱喳喳地吵個不停。

接著馬車伕噹噹噹地打鈴，鈴聲響徹整片森林。金黃色的橡果們稍微安靜下來。山貓不知何時已經換上了黑色的緞紋長服，充滿威嚴地坐在橡果們面前——一郎感覺眼前的景色就像人們在參拜奈良的大佛。車伕甩動手中的皮鞭兩三下，發出咻趴、咻趴的聲響。

藍天下閃閃發光的橡果，看起來真是美麗極了。

「審理到今天已經是第三天了，你們該和好了吧。」山貓感覺有些擔心，但還是端著架子說。橡果們異口同聲叫道：

「不不不，不行，不管怎麼說，頭尖尖的最偉大，而且我的頭最尖。」

「才不是這樣，頭圓圓的比較偉大，而且我的頭最圓。」

「大才是重點吧，越大的越偉大。我最大，所以我最偉大。」

「才不是呢，昨天法官不是也說我比較大嗎？」

「不行不行，身高才是重點，要比身高才對。」

「應該要比力氣，力氣大的比較偉大」……眼前的情況有如蜂窩被戳到一樣混亂，橡果們七嘴八舌，讓聽的人完全摸不著頭緒。於是山貓大叫：

「吵死了！我心裡自有打算，安靜！安靜！」

車伕又咻趴一聲揮舞皮鞭，橡果們終於安靜下來。山貓捻了捻鬍鬚說：

「審理到今天已經是第三天了，你們總該和好了吧。」

橡果們七嘴八舌地說：

「不不不，不行，不管怎麼說，頭尖尖的還是最偉大。」

「才不是這樣，頭圓圓的比較偉大。」

「大才是重點吧！」

吱吱喳喳、吱吱喳喳……簡直讓人滿頭霧水，於是山貓大叫：

「吵死了！我心裡自有打算，安靜！安靜！」

咻趴一聲，車伕揮舞皮鞭試圖壓制，山貓又捻了捻鬍鬚說道：

「審理到今天已經是第三天了，你們就和好了吧。」

「不不不，不行，頭尖尖的……」吱吱喳喳……

山貓大叫：「吵死了！我心裡自有打算，安靜！安靜！」

車伕又揮舞了一次皮鞭，橡果們才肯恢復安靜。山貓悄聲對一郎說：

「事情就是這樣，你說該怎麼辦才好？」

一郎笑著回答：

「既然如此，就這樣回答他們吧——最笨、最糊塗、最不成熟的最偉大。曾經有人對我這樣說過。」

山貓彷彿領會了箇中道理，只見他點了點頭，重新打起精神，挺起穿著黑色緞紋長服、黃色陣羽織的胸膛，對著橡果們宣判：

「很好，安靜。我要宣判了。你們當中最笨、最糊塗、最不成熟的最偉大。」

現場鴉雀無聲，陷入一片靜默，每個橡果都像石頭般僵硬。

山貓脫下黑色緞紋長服，一邊擦拭額頭上的汗水，一邊和一郎握手。車伕高興極了，得意忘形地甩動手裡的皮鞭五六下，發出咻趴、咻趴、咻趴的聲響。山貓說道：

「感謝你在這麼短的時間裡迅速解決如此麻煩的案件，請你一定要擔任本法院的榮譽法官。之後有什麼問題，我可以再寄明信片請你過來嗎？這次我得好好酬謝你。」

「酬謝就不用了，往後有什麼事，請再通知我。」

「不不不，當然要，這件事關乎我的人格。此外，之後我們能以法院的名義寄明信片給你，並用金田一郎閣下稱呼你嗎？」

一郎回答：「嗯，沒問題。」之後，山貓似乎還有話想說，只見牠捻著鬍鬚、眼睛眨啊眨的。好一陣子後，終於下定決心說道：

「關於明信片的用詞，我們可以寫『此處有案要審，明日務必出庭』嗎？」

一郎笑著說：

「感覺有點彆扭呢，可以不要這樣寫嗎？」

山貓彷彿很惋惜自己說錯了話，牠捻著鬍鬚想了想，最後終於決定放棄。只見牠低著頭說：

「那就還是照之前那樣寫吧。最後，今天的謝禮是黃金橡果一升或鹽漬鮭魚頭，你喜歡那一樣呢？」

「我喜歡黃金橡果。」

山貓似乎很高興一郎沒有選擇鮭魚，立即交代車伕：

「快拿一升黃金橡果來，不夠的話，鍍金的也可以。快！」

車伕將方才的橡果都裝進袋裡，測量之後大聲回報：

「正好滿一升。」

山貓的陣羽織隨風搖擺。接著大大地伸了個懶腰，閉上眼睛，打了個呵欠說：

「好，快去準備馬車。」馬車伕拉來一輛白色大香菇做成的馬車，前頭是長得很奇怪的灰馬。

「好，送我們回家吧。」山貓說。山貓和一郎坐上馬車，車伕將橡果放進車裡。

咻——趴——

馬車離開草原，花草樹木如煙霧般搖曳。一郎盯著手中的黃金橡果，一旁的山貓則是若無其事地望向遠方。

隨著馬車不斷前進，橡果的光芒越來越黯淡。等到馬車停下來的時候，橡果已經變成尋常的茶色。不僅如此，無論是車伕、香菇做成的馬車，還是身穿黃色陣羽織的山貓都已消失無蹤，只剩一郎手拿裝著橡果的袋子，站在自家門前。

從此往後，一郎就再也沒接過山貓寄來的明信片。他偶爾會想，早知如此，當初就該讓山貓寫「務必出庭」呢……

賢治小專欄❶

弟弟是最成功的製作人；宮澤賢治文學的幕後推手

生前沒沒無名的賢治，死後為何成為全日本家喻戶曉的國民作家？

賢治的弟弟清六，可以說是讓他的創作被世人看見的重要推手。賢治死後一個月，清六製作了哥哥的作品集分發給親朋好友。隔年，他與詩人草野心平等人編集了《追悼宮澤賢治》一書，這本書的印刷製作費用，全都由宮澤家出資。

清六的嘗試漸漸獲得迴響，之後又陸續出版了《宮澤賢治全集》、《宮澤賢治名作選》。擔任《名作選》編輯的作家松田甚次郎曾是賢治的弟子。甚次郎於昭和十三年出版的《對土地吶喊》一書成為當時的暢銷作品，連帶地也帶動了《名作選》的銷量。因此，宮澤賢治的名字才開始在日本流傳開來。

在戰後相當盛行的賢治研究，清六也發揮了他極大的影響力。賢治文學衍伸出許多研究，包括：哲學、天文學、農業、宗教、詩歌，清六提供了這些研究專家們只有家人才能提供的「第一手資料」，如今，「為了農民的幸福奉獻一生的文學家」已成了世人對賢治的既定印象。

直到平成十三年（二〇〇一）清六九十七歲死去為止，清六對於日本的賢治研究有著極大的主導權，宮澤賢治的相關研究發表都必須獲得清六的許可。

賢治文學如今能獲得這麼多人喜愛、甚至流傳全世界，幕後最大的功臣無疑就是他的弟弟宮澤清六。

要求很多的餐館

再往前走一點，看見一只玻璃壺。門旁寫著：

「請將壺裡面的乳霜確實塗抹在臉上及手腳上。」

仔細看，壺裡裝的是用牛奶做成的奶油。

要求很多的餐館

兩個打扮得跟英國紳士一模一樣的年輕紳士，揹著擦得發亮的長槍，各牽著一頭白熊般壯的大狗。

他們踏著深山裡乾枯的樹葉堆，一邊說話一邊向前走：

「這附近太奇怪了，連一隻鳥、一隻野獸都沒有。真想趕快『達達——』幾聲開槍射擊啊。」

「要是能在野鹿的黃色肚皮上打個兩三發，看牠們轉啊轉地倒地不起，那簡直是痛快極了。」

這裡是深山的最深處，就連先前幫兩人帶路的資深獵人，竟然也不知所蹤。

更糟糕的是，那兩頭和白熊一樣壯的大狗，竟同時頭暈目眩，吠了好一會兒後，就雙雙口吐白沫死了。

「我白白損失了兩千四百圓。」

一位紳士掀了掀狗的眼皮後說道。

「我那隻值兩千八百圓呢。」

另一位心有不甘地歪著頭說。

第一個紳士看起來有些不愉快，他靜靜盯著另一個紳士說：

「我想回去了。」

「我也覺得又冷又餓，我們回去吧。」

「好，就到此為止。回家途中在昨天住宿的地方花個十圓買幾隻野鳥好了。」

「我記得那邊也有賣兔子，這樣跟我們自己獵到的沒什麼兩樣，回去吧。」

傷腦筋的是，兩人遲遲找不到回去的方向。

風一陣一陣吹來，野草沙沙作響，枝葉、樹木也隨風呼呼搖動。

「好餓呀，我的肚子從剛才開始就痛得不得了。」

「我也是，有點走不太動。」

「對啊，傷腦筋……真想吃點東西。」

「我也是……」

兩個紳士在沙沙作響的芒草叢間對話。

他們轉過頭時，突然發現一棟華麗的西式建築。

那棟西式建築的入口掛著門牌，門牌上寫著——

RESTAURANT

西餐廳

WILDCAT HOUSE

山貓軒

「你看，剛好有餐廳呢。餐廳開在這裡會有生意嗎？要不要進去瞧一瞧？」

「這樣想起來的確有點古怪，不過應該有食物可以吃吧。」

「當然，招牌上都寫是『餐廳』了。」

「那進去吧，我再不吃點東西就要暈倒了。」

兩人站在入口處。白色陶瓷磚砌疊而成的入口，看起來十分高級。

玻璃推門上以金色的文字寫著：

歡迎任何人入內，千萬不要客氣。

兩人開心極了。

「竟然有這種好事？這世上果然是公平的。雖然我們今天過得很辛苦，還是會遇到這樣的好事。這餐廳竟然讓人免費用餐呀。」

「好像是耶，『千萬不要客氣』一定就是這個意思。」

兩人推開門走進室內，一條長廊隨即映入眼簾。

玻璃門背面以金色的文字寫著：

本餐廳特別歡迎肥胖者與年輕人。

兩人看到「特別歡迎」幾個字時興奮極了。

「我們符合『特別歡迎』的條件呢。」

「而且還兩項都符合。」

他們在走廊上前進，最後看見一道水藍色的門。

「這房子好奇怪，為什麼要有那麼多門呢……」

「這是俄羅斯式的房子。在寒冷的地方或深山裡，房子都是這樣的。」

當兩人準備打開那道門，發現上頭以黃色文字寫著：

本餐廳對於餐點的品質非常要求，敬請見諒。

「難得在這種深山地方，他們還真是不惜成本呢。」

「不過也是，你想想，東京也很少有大餐廳在大路旁呢。」

他們邊說邊打開那道門。門的背面寫著：

雖然我們對餐點要求很多，還請保持耐心。

「這是什麼意思……」其中一個紳士皺了皺眉頭。

「一定是因為他們對品質非常要求，要花很多時間料理，才會事先請我們體諒。」

「應該是吧，真想趕快進去啊……」

「好想坐在餐桌前哦……」

麻煩的是，眼前又出現另外一道門。門旁有一面鏡子，鏡子下方是一支長柄刷。

門上以紅色的文字寫著：

請客人在這裡整理頭髮，衣物上的泥土也請清理乾淨。

「這要求再正常不過了。我剛剛覺得這餐廳在深山裡，還真是小覷他們。」

「真是嚴謹的餐廳啊，一定有許多政商名流常來。」

於是兩人仔細地梳理頭髮，並將鞋子上的泥土清理乾淨。

沒想到，當他們將刷子放回架上時，刷子突然憑空消失了。一陣冷風突然吹進室內。

兩個紳士嚇了一跳，緊靠在一起用力打開門，走向門後。他們心想，再不吃些溫熱的食物來恢復精神，真是不知道該怎麼辦才好了。

門的背面又出現奇怪的要求：

請把槍枝、子彈放在這裡。

身旁有一張黑色的檯子。

「是啊，怎麼可以帶著槍吃飯呢。」

「嗯，來這間餐廳的一定都是政商名流。」

兩人解開皮帶，把槍枝、子彈放在檯子上。

接著他們看見一道黑色的門。

請脫下帽子、外套還有鞋子。

「怎麼辦？要脫嗎？」

「沒辦法，脫吧。裡頭一定來了了不起的大人物。」

兩人把帽子與大衣掛在釘子上並脫下鞋子，之後走進黑色的門裡。

門的背面寫著：

請將領帶夾、袖扣、眼鏡、皮夾放在這裡。其他金屬，尤其是尖銳物品，也請放在這裡。

門旁有個黑色的大保險箱，門是開著的，還附了鑰匙。

「哦……看樣子他們調理食物的時候會用到電，才要避免攜帶金屬類，而且尖銳物品也很危險。」

「應該是吧，那我們最後是在這裡結帳嗎？」

「看樣子應該沒錯。」

「一定是這樣。」

他們把眼鏡、袖扣等物品放進保險箱裡，上鑰鎖好。

再往前走一點，看見一只玻璃壺。門旁寫著：

請將壺裡面的乳霜確實塗抹在臉上及手腳上。

仔細看，壺裡裝的是用牛奶做成的奶油。

「為什麼要塗奶油……」

「一定是因為外面很冷，怕裡頭太暖和了，皮膚容易龜裂。裡頭一定來了很偉大的人，說不定我們還可以和貴族近距離接觸呢。」

兩人將壺裡的奶油塗在臉上、手上，接著脫下襪子，塗在腳上。由於壺裡的奶油還有剩，所以他們假裝要把奶油塗在臉上，偷偷把奶油吃個精光。

接著連忙打開眼前的門，門的背面寫著：

奶油塗好了嗎？耳朵也塗了嗎？

眼前有一個小小的壺，壺裡一樣放著奶油。

「對對對，我們忘了塗在耳朵上，耳朵的皮膚差點就要裂開了。這間餐廳的老闆準備得還真周到。」

「對啊，好細心啊。可是我好餓，這走廊怎麼沒完沒了……」

很快的，他們又看見下一道門。

料理即將完成。
只要再等不到十五分鐘，
就可以吃了。
請將瓶中的香水灑在頭上。

門前有一瓶金光閃閃的香水。
兩人將香水灑在頭上。
但是那香水的味道感覺跟醋好像。
「這香水怎麼有醋的味道……」
「應該是放錯了吧，服務生感冒所以搞錯了。」
他們打開門，走向門後。
門的背面用大大的文字寫著：

要求這麼多，你們一定覺得很麻煩吧。辛苦你們了。
這是最後一項要求，請仔細地將壺裡的鹽巴抹在身體上。

兩人眼前有個藍色的高級陶壺，裡頭放了許多鹽巴。這下子臉上塗滿奶油的兩人都嚇了一跳，互看了對方一眼。

「太奇怪了……」

「我也覺得好奇怪。」

「對方說對品質很要求，怎麼好像是對我們的要求啊……」

「意思是這間西餐廳不是提供西式料理給來的人吃，而是把來的人做成料理吃掉……就是說……就是說……我……我……我們要被……」嘎達嘎達嘎達……

兩人忍不住一直打顫，一句話都說不出來。

「快逃……」儘管全身發抖，一個紳士還是企圖要推身後的門，但門卻紋風不動。

最裡頭還有一道門，門上有兩個大大的鑰匙孔，分別是刀子和叉子的圖案。

此外還寫著：

哎呀，真是辛苦你們了，
你們做得非常好。
來，請進來吧。

而且鑰匙孔後方有兩顆藍色的眼珠，骨溜溜地直盯著他們。

「嗚哇——」嘎達嘎達嘎達嘎達。

「嗚哇——」嘎達嘎達嘎達嘎達。

兩人哭了出來。

沒想到門後傳來這樣的對話。

「不行啦，他們已經發現了，一直不肯抹鹽巴。」

「當然，老大寫得那麼明顯。什麼『要求這麼多，你們一定覺得很麻煩吧』『辛苦你們了』，不露出馬腳才怪。」

「無所謂啦，反正老大連骨頭都不會分給我們。」

「話是這麼說沒錯，但如果那兩個人不到這裡來，那就是我們的責任了。」

「喊一下好了。喲，兩位客人，趕快進來呀。歡迎光臨、歡迎光臨。我們盤子也洗好了，青菜也仔細抹上鹽巴了呢。接下來只要把你們跟青菜好好地擺在白色盤子上，就大功告成了。歡迎光臨呀。」

「是呀，歡迎光臨、歡迎光臨。還是說你們不喜歡沙拉？那要不要生火幫你們炸一炸呀？總之你們先進來吧。」

兩個紳士實在太害怕了，臉皺得跟紙團一樣。他們面面相覷，一邊嘎達嘎達地發抖，一邊默默地掉淚。

裡頭傳來呵呵的笑聲，接著又開始喊叫。

「歡迎光臨、歡迎光臨。被你們這樣一哭，臉上的奶油都花了。來來來，我們現在就要端過去了，請快點進來。」

「快點進來呀，我們老大已經把餐巾圍在胸前，手上拿著刀子、舔著舌頭，等客人一過來，就能大快朵頤了。」

兩個紳士只是一直哭個不停。

此時，後方突然傳來「汪、汪」的吠叫聲。

那兩頭和白熊一樣壯的大狗破門而入，鑰匙孔後方的眼珠立刻消失。兩頭狗擺出攻擊的架勢，在室內轉來轉去，接著又高聲吠叫。

「汪！」牠們猛然碰開下一道門。門打開之後，兩隻大狗就像被黑洞吸走般消失在兩個紳士面前。

門的另一邊是無邊無際的黑暗，只能聽見「喵嗚、呱啊、咕嚕咕嚕」的打鬥聲響傳來。

最後整棟房子像煙一般消失了，兩個紳士站在草地裡，冷得直打哆嗦。

仔細一瞧，他們的上衣、鞋子、皮夾、領帶夾不是掛在另一頭的樹枝上，就是散落在腳邊的樹根旁。風一陣一陣吹來，野草沙沙作響，枝葉、樹木也隨風呼呼搖動。

兩頭狗也在不知不覺間回到他們身邊。

接著，他們聽見後方有人在喊：

「大爺、大爺……」

兩人這才恢復精神，放聲大叫：

「喂——喂——我們在這裡！快點過來！」

頭戴草帽的資深獵人撥開長長的野草，走向兩個紳士。

兩人終於可以安心了。

接著他們吃了獵人帶來的飯糰，並在回家途中花十圓買了幾隻野鳥，便回到東京。

只是就算他們回到東京，好好洗了熱水澡，但是兩人皺得跟紙團般的臉，卻再也無法恢復成原來的樣子。

水仙月的四日

水仙月的四日

雪婆婆雜亂的冰冷白髮，在雪與風中捲成漩渦，逐漸聚集的黑雲之間，可以看見她尖尖的耳朵與閃閃發亮的眼睛。

雪婆婆出遠門去了。

擁有一對跟貓一樣尖尖的耳朵、髮絲灰白而雜亂的她，越過西邊山脈閃閃發亮的雲絮，出遠門去了。

一個小朋友裹著紅色毛毯，滿腦子都在想著輕目燒[2]的事，急急忙忙地趕路回家。他家位於形狀有如象頭的山丘下。

——只要把報紙捲得尖尖的，再用力對著木炭吹氣，木炭就會燒起來。接著在鍋裡放入一把紅砂糖還有一把粗砂糖，加水一起煮到沸騰——小朋友一心都是輕目燒，急急忙忙地趕路回家。

太陽在離天空很遠很遠的寒地，燃燒著耀眼的白色火焰。

2 一種日式點心，做法簡單，膨脹的形狀跟龜殼很像。

白色火焰的光芒射向四方，台地上的積雪因為光芒的反射，成為一整片耀眼奪目的雪花石膏板。

兩頭雪狼吐著鮮紅的舌頭，跑在形狀如象頭般的山丘上。人類的肉眼看不見牠們，每當狂風吹來，牠們就會從山丘上的雪地，踩著鬆軟的雪雲向天空奔去。

「咻——別跑太遠了。」雪童子慢慢地走在雪狼後方，頭上戴白熊毛皮製成的三角帽，臉龐就像蘋果一樣紅潤。

兩頭雪狼繼續搖頭吐舌地向前跑。

「仙后座啊，

水仙已經開花了。

用力地轉動妳的玻璃水車吧！」

雪童子仰望藍天，對著看不見的星星大喊，藍天裡的光芒猶如波浪般紛紛飛落。雪狼們一直站在遠方，吐著如火焰般的紅舌。

「咻——快點回來，咻——」當雪童子跳起身來訓斥雪狼，他映照在雪上的影子成了閃閃發亮的白光。雪狼們豎起耳朵，一眨眼便跑回雪童子身旁。

「仙女座啊，

馬醉木已經開花了，

咻——咻——地燃燒妳燈裡的酒精吧！」

雪童子像風一樣爬上如象頭般的山丘。山丘被風吹成甲殼般的形狀，丘頂有一棵栗子樹，樹上結著槲寄生飽滿的果實。

「去幫我摘來。」雪童子一邊爬上山丘一邊說。一頭雪狼才看見主人露出小小的牙齒，立刻像球一樣跳到樹上，咬著結滿紅色果實的小樹枝。站在樹上的雪狼歪著頭，身影大大地、長長地倒映在雪地上，牠方才咬下的枝葉——上頭還有綠色的嫩皮、黃色的樹芯——掉落在剛走近的雪童子腳邊。

「謝謝。」雪童子撿起地上的果實，眺望藍天白雪交際處遙遠的美麗城鎮。河流閃閃發光，停車場白煙裊裊。雪童子望向山麓。看見方才那個裹著毛毯的小朋友在山路上急行，一心只想趕緊回到家裡。

「那傢伙昨天推著裝木炭的雪橇出去，現在買了砂糖，只有自己回來。」雪童子笑道。之後把手上槲寄生的樹枝隨意丟了出去，樹枝就像子彈一樣，落在小朋友的面前。

小朋友嚇了一跳，撿起樹枝後東張西望，雪童子笑著讓皮鞭發出「咻——」的聲響。

就這樣，純潔的雪好比白鷺鷥的毛，自萬里無雲、澄淨的蔚藍天空飛舞而下，由平原白雪、啤酒色陽光、茶色檜木組合而成，原本就很美麗的靜謐星期天，變得更加迷人。小朋友拿著槲寄生的樹枝，奮力向前跑。

然而，打從剛才那場壯觀的雪停止後，太陽便移動到蒼空的另一端，燃燒著耀眼的白色火焰。

接著，西北方吹來些許的風。

天空逐漸變冷。東方遙遠的海洋上，彷彿機關鬆脫一般，天空傳來微弱的「卡嗟」一聲。定睛一瞧，有個小小的物體劃過澄白如鏡的太陽。

雪童子將皮鞭夾在腋下，緊閉雙唇，將手緊緊抱在胸前，往風吹來的彼端望去。雪狼們也伸直背頸，凝視著同一個方向。

風越來越強，雪童子腳邊的雪嘩啦嘩啦地向後飄。一會兒後，對面山脈的頂端彷彿起了白色煙霧。西方此時已然一片昏暗。

雪童子雙眼發亮，彷彿熊熊燃燒的火焰。整片天空都是白色的，乾燥的細雪被狂風捲起。天空中滿布灰色煙霧，分不清是雪還是雲。

山稜四處響起傾軋切割的聲響，地平線與城鎮消失在灰色煙霧的另一端，只剩雪童子白色的身影怔怔地直立在原地。

咻咻作響的風聲中，隱約傳來奇怪的嘶吼。

「咻——拖拖拉拉在做什麼，快點下啊、下啊，咻——咻——咻——快點下啊、吹啊，不要給我偷懶。時間已經不夠了，咻——咻——我又特地帶了三個雪童子過來。快，下啊，咻──」

雪童子有如觸電般跳了起來，是雪婆婆來了。

「叭滋──」雪童子的皮鞭發出聲響，雪狼們同時躍起。雪童子臉色蒼白地緊閉著雙唇，連帽子也飛走了。

「咻──咻──好好幹活呀，不要偷懶。咻──咻──快點好好幹活呀。今天是水仙月四日啊。快點，咻──」

雪婆婆雜亂的冰冷白髮，在雪與風中捲成漩渦，逐漸聚集的黑雲之間，可以看見她尖尖的耳朵與閃閃發亮的眼睛。

她從西方原野帶了三個雪童子來。他們各個臉上不見血色，彼此不發一語，連聲招呼都不打，只是來回用力地讓皮鞭發出聲響。現在已經分不清哪裡是山丘、哪裡是飛雪、哪裡是天空了，只聽見雪婆婆往返時發出的吶喊聲、起此彼落的皮鞭聲，以及九頭雪狼在雪中移動發出的呼吸聲。就在這個時候，雪童子驀然聽見風中傳來小朋友的哭聲。

雪童子的眼神有異，他停下腳步想了一會兒，接著用力地揮舞皮鞭，往哭聲的方向跑去。

然而，他似乎搞錯了方向，來到遙遠南方的黑色松山上。他將皮鞭夾在腋下，靜下心來聆聽。

「咻──咻──不要偷懶，快點下啊、下啊，快點，咻──今天是水仙月四日啊，咻——咻——咻——咻——咻——」

劇烈的風雪聲中，的確能夠隱約聽見細微的哭聲。雪童子循聲奔去。雪婆婆頭髮凌亂，表情看起來好可怕。在山頂的雪地上，裹著紅色毛毯的小朋友被風包圍，雙腳卡在雪裡無法動彈。他哭著用雙手撐著雪地試圖脫困。

「蓋上毛毯，臉朝下。蓋上毛毯，臉朝下。咻——」雪童子一邊奔跑一邊大喊。但在小朋友聽來只是陣陣風聲，他看不見雪童子的身影。

「臉朝下躺好，咻——不可以動。雪等下就停了，快點蓋上毛毯躺好。」雪童子跑過去又跑回來，再度喊道。但小朋友還是不斷掙扎，試圖脫離雪地。

「快點躺好，咻——不要動，臉朝下躺好。今天沒有那麼冷，所以不會結凍。」

雪童子繼續來回奔跑。小朋友歪著嘴巴，哭著再度試圖脫離雪地。

「要躺好，這樣不行……」雪童子刻意用力地把小朋友推倒。

「咻——好好地幹活，不要偷懶。快點，咻——」

雪婆婆走過來，露出紫紅色大口與尖銳利齒。

「哎呀，有個奇怪的小孩。快點快點，把他帶到我這裡來。今天是水仙月四日啊，帶一兩個人到我這裡來也無妨。」

「對，沒錯。你受死吧。」雪童子故意用力地把小朋友撞倒，卻悄聲說道：

「要躺好哦，不可以動，不可以動哦。」

雪狼發狂似地來回奔跑，雪雲間隱約可以看見牠們黑色的腳。

「快，快點，這樣很好。快，快點下。誰偷懶，我就處罰誰。咻——咻——咻——」雪婆婆又跑回另一頭去了。

小朋友再度開始掙扎，雪童子笑著再次用力推倒小朋友。雖然還不到下午三點，但天空已漸漸變暗，彷彿太陽就要西沉。小朋友氣力用盡，不再繼續掙扎。雪童子笑著放開手，將紅色毛毯蓋在他身上。

「我幫你蓋了很多棉被，只要這樣就不會凍著。就這樣睡到明天早上吧，夢裡可以想著輕目燒哦。」

雪童子說了好幾次相同的話，把一層又一層的粉雪蓋在小朋友身上。很快地，雪地上再也看不見紅色毛毯的蹤影，放眼望去一片平坦。

「那孩子一直拿著我給他的槲寄生呢。」雪童子說著感覺有點想哭。

「快，要一直下到半夜兩點。今天是水仙月四日啊，不能休息，快點下！咻——咻——咻——」

雪婆婆又在遙遠的風中大喊。

之後，在茫茫的風裡、雪裡還有雲裡，太陽真的西沉了。一整個晚上，雪不斷地下著，一直下、一直下。天快要亮的時候，雪婆婆再次自南方奔馳到北方說道：

「差不多可以休息了。我現在要到海上去，你們不用跟過來，好好休息，準備下一次的工作。這次算是成功地渡過了水仙月四日。」

雪婆婆的眼睛在黑暗中發光，雜亂的頭髮形成漩渦，咧著嘴朝東方前進。原野與山丘恢復平靜，雪地熠熠生輝。天空在不知不覺間也完全放晴。藍紫色的天空閃耀著整片星座的光芒。

雪童子們帶著自己的雪狼，終於開始寒暄。

「真累啊……」

「是啊。」

「不知道下次見面會是什麼時候……」

「嗯……不過今年已經兩次了吧。」

「好想趕快回北方啊。」

「嗯。」

「剛才有個小朋友死了吧？」

「沒有，他只是在睡覺。我明天會在那邊幫他做個記號。」

「不過還是早點回去吧，天亮前得抵達才行。」

「也好，只是我一直不懂一件事。那是仙后座其中一顆星星吧，看起來就像一團藍色的火焰。為什麼火燒得越旺，雪就會下得越大呢？」

「這就跟棉花糖機一樣，只要轉啊轉的，粗砂糖就會變成柔軟的棉花糖。所以只要火有確實燃燒就好。」

「原來如此。」

「那就這樣啦，再見。」

「再見。」

三個雪童子帶著九頭雪狼返回西方。

不久後，東方天際出現黃色的光芒，琥珀色的火焰燃燒成金黃色。山丘與原野上一片新雪。

雪狼們累得坐在地上，雪童子也坐在雪上笑了。他的臉頰像蘋果般豐潤、氣息像百合般芬芳。

光芒萬丈的太陽走到半空中，在這個才剛下過大雪的早晨裡，看起來更是壯麗。桃色的陽光流洩，雪狼張著大嘴，露出嘴裡搖曳的藍色火焰。

「你們跟我來，天已經亮了，得把那個小朋友喚醒才行。」

雪童子跑向昨天小朋友被雪埋住的地方。

「來，讓這裡的雪消失。」

雪狼們迅速地用後腳踢著雪，風如煙霧般把雪吹走。

穿著雪鞋、皮衣的人從村裡趕來。

「沒事了。」雪童子看到小朋友紅色毛毯的一角喚道。

「你爸爸來囉，快點睜開眼睛。」雪童子跑向後方的山丘，吹起一陣雪後繼續喚道。小朋友微微動了動身子。身穿皮衣的男人奮力衝上前去。

貝之火

百靈鳥將方才那閃耀紅色光芒的物體放在霍蒙伊面前，打開煙霧般輕薄的手巾。手巾包著一塊直徑約兩公分的玉，可以看見裡頭燃燒的紅色火焰。

貝之火

初夏時分，兔子們都穿著茶色的短衣。

青草閃耀著晶亮的光芒，四周的樺木長滿白色的花朵。

原野上瀰漫芬芳的香氣。

小兔子霍蒙伊開心地跳起舞來。

「哇……好香呀。一定很好吃，這時候的鈴蘭很脆呢。」

一陣清風吹來，鈴蘭的葉片與花朵互相碰撞，發出叮叮噹噹的聲響。

霍蒙伊興奮極了，在草原上蹦蹦跳，不停地向前跳。

接著稍微停下腳步，前腳在胸前交叉，笑著說：

「我好像在河流的水面上表演特技哦。」

最後，霍蒙伊真的來到小河的河岸邊。

冰涼的河水嘩啦嘩啦地流動，河底的砂石光彩奪目。

霍蒙伊歪著頭，自言自語地說：

「我可以跳過這條河嗎？怎麼可能……都是對岸的草啦，害我好想跳過去呀。」

就在這個時候，上游傳來一陣激烈的聲響——

「噗嚕嚕嚕，嗶嗶嗶嗶，噗嚕嚕嚕，嗶嗶嗶嗶。」一個黑色毛茸茸的物體叭噠叭噠叭噠叭噠地拍打著翅膀，使勁掙扎。那物體越來越靠近霍蒙伊。

霍蒙伊連忙衝到岸邊，靜靜地等待。

原來那是一隻瘦弱的小百靈鳥。霍蒙伊立即跳進水中，用前腳緊緊地抓住那隻小鳥。

小百靈鳥受到驚嚇，扯著黃色的鳥喙大叫，霍蒙伊一度以為自己就要聾了。

牠連忙用力用後腳踢水，接著對小百靈鳥說：「沒事的，沒事的。」當霍蒙伊看見小百靈鳥的臉，牠嚇得差點鬆手。小百靈鳥的臉上都是皺紋，鳥喙張得大大地，感覺有點像蜥蜴。

但這隻強壯的小兔還是沒有鬆手。儘管嚇得嘴都歪成「ㄟ」字形了，還是努力壓抑內心的恐懼，把小百靈鳥舉得老高，不讓牠碰到水。

牠們就這樣隨波逐流。霍蒙伊被水波打到兩次，喝了不少水，但牠一直沒有放開那隻小百靈鳥。

經過小河的轉彎處時，恰巧有一條小小的楊柳枝突了出來，正劈哩劈哩地拍打著水面。霍蒙伊猛然抓住楊柳枝，幾乎就要把楊柳枝扯斷。接著，牠把小百靈鳥拋向岸邊柔軟的草地，自己也一躍而上。

兩眼無神的小百靈鳥倒在草地上，不停地打顫。

雖然霍蒙伊也很疲倦，還是硬撐著身體去摘楊柳樹的白花，蓋在小百靈鳥的身上。小百靈鳥抬起灰色的臉，彷彿在向霍蒙伊道謝。

但霍蒙伊還是被眼前的情景嚇到，倒退跳了好幾步，發出哀鳴準備逃跑。

霍然間，有個物體如箭般自空中「咻——」地一聲飛下。霍蒙伊停下腳步，回過頭一看，那是百靈鳥媽媽。鳥媽媽一句話也沒說，只是用力地抱著不停顫抖的小百靈鳥。

霍蒙伊心想已經沒事了，便一溜煙地跑回家裡。

兔子媽媽正好在整理一捆捆白色的草，看見霍蒙伊嚇了一跳說：

「哎呀，發生了什麼事？你的臉色好差呀。」接著從架子上把醫藥箱拿下來。

「有一隻毛毛的小鳥快要溺水了，我救了牠哦。」霍蒙伊說。媽媽從醫藥箱裡拿出一劑萬能散給霍蒙伊，問道：

「毛毛的小鳥？是不是百靈鳥呀？」

霍蒙伊接過藥說：

「應該是哦。啊，我頭好暈，媽媽，房間在轉呢……」話還沒有說完，霍蒙伊就昏倒在地，身上燒得非常厲害。

*

在爸媽和醫生的悉心照料下，霍蒙伊終於在鈴蘭長出綠色果實時痊癒。大病初癒的霍蒙伊在一個沒有雲的寧靜夜晚，決定到外頭走一走。紅色的星星頻頻劃過南方天際，美得讓霍蒙伊看得出神。突然，空中傳來拍動翅膀的聲響，兩隻鳥兒降落在霍蒙伊面前。

其中較大的那隻鳥兒小心翼翼地將閃耀紅色光芒的物體放在草地上，畢恭畢敬地說：

「霍蒙伊大人，您是我們母子的大恩人。」

霍蒙伊憑藉紅色的光芒，仔細地瞧對方的臉。

「你們是之前的百靈鳥嗎？」

百靈鳥媽媽說：

「沒錯，前一陣子小兒承蒙您搭救，真是感激不盡。聽說您為此臥病在床，是否已經康復？」

母子倆接著又不斷敬禮致意。

「我們每天都會在這附近盤旋，等待您外出。這是我們國王的贈禮。」百靈鳥將方才閃耀紅色光芒的物體放在霍蒙伊面前，打開煙霧般輕薄的手巾。手巾包著一塊直徑約兩公分的玉，可以看見裡頭燃燒的紅色火焰。百靈鳥媽媽再次開口說：

「這是名為『貝之火』的寶物。根據國王所說，這個寶物只要不斷保養，就會一天比一天美麗。請您收下。」

霍蒙伊笑著說：

「百靈鳥呀，我不需要它，請拿回去吧。它實在好美，我只要看一下就滿足了。等我想看，我再去找你們。」

百靈鳥說：

「請您務必收下。這是我們國王的贈禮，如果您不收下，我和小兒就只能切腹謝罪了。來，兒子啊，我們向霍蒙伊大人道別吧。來，敬禮，告辭了。」

百靈鳥母子敬了兩三次禮後，便匆匆忙忙飛走了。

霍蒙伊拿起玉一看。玉看似燃燒著紅、黃色的火焰，卻又冰冷而澄淨。如果把玉放在眼前，透過玉看天空，則更能顯現銀河的清透。一旦離開眼前，玉珠又會閃耀美麗的火光。

霍蒙伊把玉帶回家後，立刻拿給爸爸看。爸爸摘下眼鏡，仔細地觀察手中的玉。之後說：

「不得了了，這是很有名的寶物，叫『貝之火』。據說之前這塊玉的主人，除了兩隻鳥、一隻魚，其他人都無法好好地擁有它一輩子。你也要小心，千萬別讓火光消失了。」

霍蒙伊說：

「沒問題的，我一定不會讓火光消失。百靈鳥也說過要好好保養，我每天都會對著玉哈氣一百次、用紅梅花雀的羽毛擦拭一百次。」

媽媽也拿起玉仔細端詳，接著說：

「這玉非常容易受損，可是之前鷹大臣擁有它的時候，剛好遇到火山爆發，鷹大臣到處奔波指示眾鳥們去避難，這塊玉就遭到石頭敲打、熔岩侵蝕，卻沒有留下任何碰磕與起霧，反而比以前更美了。」

爸爸說：

「是啊，這個故事很有名。你也要成為鷹大臣那樣的名人了，隨時保持善心才行。」

霍蒙伊覺得好累，想睡覺了，於是牠躺在自己的床上說：

「沒問題，我一定會做得很好。我要抱著玉睡，給我吧。」

媽媽把玉交給霍蒙伊。霍蒙伊把玉抱在胸前，立刻進入夢鄉。

那天晚上牠做了個很美的夢。黃色、綠色的火焰在空中燃燒，原野是一片金黃色的草地，還有許多小小的風車像蜜蜂般飛翔。正氣凜然的鷹大臣環視整片原野，而牠身上那襲銀色披風隨風搖擺。霍蒙伊看了好高興，幾乎要放聲大叫：「哇，好厲害，好厲害哦。」

*

隔天早上七點左右，霍蒙伊一睜開眼睛就趕緊察看那塊玉。玉比昨天晚上還要美。霍蒙伊看著玉自言自語說道：

「我看到了！我看到了火噴出來的地方。火噴出來了，噴出來了！好有趣呀！跟煙火一樣。哎呀哎呀哎呀……火一直噴一直噴，還分成兩道，好漂亮哦！跟煙火一樣，跟煙火一樣耶！也很像閃電。從那邊噴出來。變成金黃色了。好棒，好棒！又噴出來了……」

爸爸已經出門了，媽媽面帶笑容地端著美味的白色草根、藍色玫瑰果實過來說：

「快去洗把臉，今天要讓你運動一下哦。來，我看看，哎呀，還真是漂亮呀。你去洗臉的時候，可以給媽媽看嗎？」

霍蒙伊答道：

「當然可以。那是我們家的寶物，也就是媽媽的寶物呀。」接著霍蒙伊起身從家門口鈴蘭葉的前端取下六顆大大的露珠，把臉洗乾淨。

霍蒙伊吃過早餐後，對著玉哈氣一百次，接著用紅梅花雀的羽毛擦拭一百次。

再用紅梅花雀胸前柔軟的胸毛把玉包起來，放進原本用來收藏望遠鏡的瑪瑙盒。牠將瑪瑙盒交給媽媽後就出門去了。

一陣風兒吹來，露珠滴瀝瀝地掉落。風鈴草響起晨鐘的鐘聲。

「噹——噹——噹鏘——噹鏘噹鏘——」

霍蒙伊蹦蹦蹦地跳到樺樹下。

一隻老馬從對面走了過來，霍蒙伊感到有些害怕。正當牠打算轉身折返時，老馬彬彬有禮地致意：

「您就是霍蒙伊大人嗎？聽說貝之火現在是屬於您的。實在是太好了，這塊玉之前足足有一千兩百年不屬於我們野獸，今天早上大家聽到這個消息都喜極而泣呢。」老馬淚流滿面地說。霍蒙伊驚訝得不知道該如何是好，但老馬實在哭得太厲害了，所以霍蒙伊也跟著鼻酸。老馬拿出一塊包袱巾大小的淺黃色手帕，一邊拭淚一邊說：

「您是我們大家的恩人，請您一定要好好保重身體。」老馬再次畢恭畢敬地行禮，之後便邁開步伐繼續向前走。

霍蒙伊心裡有種既歡喜又奇妙的感覺，怔怔地往接骨木的樹蔭下走去。樹蔭下有兩隻年輕松鼠，正相親相愛地吃著白麻糬。牠們一看見霍蒙伊就嚇得隨即起身，連忙整理上衣的領口、吞下嘴裡的白麻糬，眼珠子不安地轉來轉去。

霍蒙伊像平常一樣跟牠們打招呼：

「早安呀。」但兩隻松鼠全身僵硬，一句話都說不出來。霍蒙伊見狀著急地說：

「我們今天也一起去哪裡玩吧？」兩隻松鼠聞言，一副不可置信的樣子，睜大雙眼面面相覷，接著拔腿就跑，一溜煙地逃離現場。

不知所措的霍蒙伊苦著臉回到家裡。牠跟媽媽說：

「媽媽，大家都好奇怪哦，松鼠牠們還排擠我。」媽媽笑著回答：

「那當然呀，你現在是名人，跟以前不一樣了，所以松鼠們才會害羞。以後你可要小心，不要做那些會讓人笑話的事。」

霍蒙伊說：

「媽媽，你放心啦。意思是說我現在是上將嗎？」

媽媽高興地說：

「算是吧。」

霍蒙伊開心地跳起舞來。

「太好了，太好了，那以後大家都是我的手下。媽媽，我再也不用怕狐狸了。我要讓松鼠當少將、老馬當上校。」

媽媽笑道：

「是啊，不過你記得別太張揚呀。」

「沒問題啦。媽媽，我出去一下。」霍蒙伊說完就飛奔出家門。牠一到原野上，平時總是不懷好意的狐狸就像風一樣跑過牠的面前。

霍蒙伊全身不停顫抖，但還是鼓起勇氣大喊：

「狐狸你等等，我現在是上將哦。」

狐狸吃驚地轉過頭來，臉色一沉。他說：

「是，小的知道。您有什麼吩咐？」

霍蒙伊盡可能威嚴地說：

「之前你一直欺負我，今後你就是我的僕從了。」

狐狸一副就要昏過去的樣子，把手舉到頭上說：

「是，小的真是罪過，請您大人有大量，原諒我吧。」

霍蒙伊高興極了。

「那我就特別寬恕你吧。我任命你為少尉，以後給我好好工作。」

狐狸興奮地轉來轉去。

「是是，感謝您，哪怕是上刀山、下油鍋，只要您吩咐一聲，我一定照辦。要不要去幫您偷點玉米呀？」

霍蒙伊說：

「不要，那是壞事，我們不能做壞事。」

狐狸搔著頭說：

「是是，我以後一定不會再犯。那我就等您的吩咐。」

霍蒙伊說：

「好，有事我會找你，你先走吧。」

狐狸轉了幾圈後向霍蒙伊行禮，接著便到其他地方去了。

霍蒙伊開心得不得了，在原野上來來回回，又是自言自語又是笑的，想著各式各樣快樂的事。當牠這麼做的時候，陽光就像碎裂的鏡片般落在樺木的另一端。霍蒙伊連忙趕回家。

爸爸已經到家了。那天的晚餐好豐盛，晚上霍蒙伊又做了美夢。

＊

隔天媽媽要霍蒙伊帶著竹籃到原野收集鈴蘭的果實，牠一邊收集一邊自言自語：

「哼，為什麼我身為上將還要收集鈴蘭的果實呢？被別人看見，一定會恥笑我的。如果這時候狐狸在就好了。」

就在這個時候，霍蒙伊感覺有物體在牠腳邊的土裡移動。一看才發現那是鼴鼠，鼴鼠不停地向前鑽去。霍蒙伊叫道：

「鼴鼠、鼴鼠，你們知道我變偉大的事情嗎？」

鼴鼠在土裡回答：

「是霍蒙伊先生嗎？小的知道。」

霍蒙伊繼續耀武揚威地說：

「很好，那我現在任命你為軍曹，來幫我工作吧。」

鼴鼠不安地問：

「是，請問是什麼工作呢？」

霍蒙伊說：

「幫我收集鈴蘭的果實。」

冷汗直流的鼴鼠在土裡搔頭說道：

「真的非常抱歉，可是小的沒有辦法在光亮的地方工作。」

霍蒙伊氣得大吼大叫：

「是嗎？隨便你！我再也不會拜託你了，你給我記住。真是太過分了！」

鼴鼠不停地道歉：

「請您大人有大量，小的如果長時間暴露在陽光下會死的……」

霍蒙伊氣得直跺腳。

「隨便你，隨便你，你給我閉嘴。」

此時，有五隻松鼠從對面接骨木的樹蔭下方走來，在霍蒙伊面前鞠躬哈腰地說：

「霍蒙伊大人，請讓我們幫您收集鈴蘭的果實吧。」

霍蒙伊說：

「好啊，快點幹活，我任命你們為少將。」

松鼠們欣喜萬分地開始工作。

六匹小馬也來到霍蒙伊面前，最大的一匹對霍蒙伊說：

「霍蒙伊大人，請您也派點工作給我們吧。」霍蒙伊開心地說：

「好啊，我任命你們為上校，你們得隨傳隨到。」小馬雀躍極了。

鼴鼠在土裡哭著說道：

「霍蒙伊大人，求求您讓小的做一些我做得到的事吧，小的一定會好好完成使命的。」

霍蒙伊還在生氣，又跺了跺腳說：

「我才不需要你呢！等狐狸來了以後，我一定要你們鼴鼠好看！你等著瞧！」

土裡靜悄悄的，一點聲音也沒有。

之後，松鼠不斷收集鈴蘭的果實，直到傍晚。牠們熱熱鬧鬧地把一大堆果實送到霍蒙伊家。

媽媽驚訝地走出家門。

「哎呀，松鼠先生，你們怎麼啦？」

霍蒙伊在一旁插嘴答道：

「媽媽，妳看看我多厲害，而且我的能耐不只這樣哦。」媽媽沉吟半晌，一句話也沒說。

這時爸爸剛好回到家裡，看到眼前的情景便說：

「霍蒙伊，你是不是太超過了？聽說你還恐嚇鼴鼠，鼴鼠牠們全都哭到要發狂了。況且我們哪需要這麼多果實啊？」

霍蒙伊哭了起來。松鼠在原地站了好一會兒，很同情霍蒙伊，最後決定悄悄離開。

爸爸繼續說：

「你完了，你去看貝之火，它一定起霧了。」

媽媽也跟著霍蒙伊流淚，接著一邊用圍裙拭淚，一邊從架子上取出裝著美玉的瑪瑙盒。

爸爸打開盒蓋後嚇了一跳。

那塊玉比前天還要火紅，裡頭的火焰更加旺盛。

牠們深受吸引，個個看得出神。爸爸默默地把玉交給霍蒙伊，開始吃起飯來。霍蒙伊也停止哭泣，一家人又和樂融融地歡笑，接著吃飽飯就去睡了。

*

隔天一早，霍蒙伊又走到原野上。

這天也是好天氣，但少了果實的鈴蘭，不再像之前那樣發出叮叮噹噹的聲響。
狐狸從遙遠的原野狂奔而來，停在霍蒙伊面前。
「霍蒙伊先生，昨天松鼠是不是幫您收集了鈴蘭的果實呀？怎麼樣？今天就讓我拿些美味的食物來吧。那種食物黃黃的、軟軟的。不好意思，看您的樣子似乎不知道這種食物……對了，您昨天不是說要懲罰鼴鼠嗎？那傢伙一直橫行霸道，讓我來把牠趕到河裡去吧。」
霍蒙伊說：
「放過鼴鼠吧，我已經決定要原諒牠了。不過那美味的食物，倒是可以拿一些過來。」
「好的好的，請等我十分鐘，十分鐘就好。」狐狸說完就像風一樣跑走了。
霍蒙伊放聲大叫：
「鼴鼠啊鼴鼠，我決定原諒你們，不要再哭啦。」土裡一片沉默。
之後狐狸跑回來，手裡拿著一塊偷來的吐司：
「來來來，請用。這是來自仙境的『天婦羅』，是最高級的食物。」
霍蒙伊試吃了一點，真是美味極了。牠問狐狸：
「這是從哪種樹的果實？」狐狸側著臉「嘿」地偷笑了一聲後說：
「那種樹叫『廚房』，『ㄔㄨˊㄈㄤˊ』。好吃的話，我每天都給您送來吧。」
霍蒙伊說：

「那你就每天拿三塊來吧。知道了嗎？」

狐狸一副悉聽尊便的樣子，眼睛眨呀眨地說：

「是，沒問題。不過當我捉雞的時候，您可不能阻擋我哦。」

「好啊。」霍蒙伊允諾後，狐狸說：

「那我再去拿兩塊過來，補足今天的份吧？」接著又像風一樣跑走了。

霍蒙伊想像著把那美味食物帶回家時爸爸、媽媽的反應——爸爸吃過這麼美味的食物嗎？我真是孝順啊。

狐狸把兩塊吐司放在霍蒙伊的面前，丟下一句「再見」就一溜煙地跑了。

霍蒙伊喃喃自語地說：

「狐狸到底每天都在做什麼呀……」

回到家時，爸爸媽媽正在前院曬鈴蘭的果實。霍蒙伊拿出吐司說：

「爸爸，我帶了好吃的食物回來哦。來，你們吃吃看。」

爸爸接過吐司，摘下眼鏡仔細確認後說：

「這是狐狸給你的吧？這是偷來的，我們怎麼能吃呢？」就在霍蒙伊要把另一塊吐司遞給媽媽的時候，爸爸一把搶過來，連同自己手中的丟在地上踩爛。

霍蒙伊「哇——」地一聲哭出來，媽媽也跟著掉淚。

爸爸來回踱步。

「霍蒙伊，你完了。你去看貝之火，它一定碎了。」

媽媽哭著取出盒子，那塊玉在陽光照耀下，彷彿昇天般美麗地燃燒著。

爸爸默默地把玉交給霍蒙伊，霍蒙伊凝視著玉，不知不覺就忘了自己原本還在哭泣。

＊

隔天，霍蒙伊又走到原野上。

狐狸跑到牠身邊，遞給牠三塊吐司。霍蒙伊趕緊回家，將吐司放在廚房的架子上。當牠再次回到原野，發現狐狸正在等牠。

「霍蒙伊先生，我們來做些有趣的事吧？」

霍蒙伊回說：「什麼事？」狐狸接著說：

「我們來處罰鼴鼠吧。牠是這片原野的害群之馬，又這麼懶。既然您之前說要原諒牠，那今天就我來欺負鼴鼠，您只要在旁邊看就好了。怎麼樣？」

霍蒙伊說：

「嗯，如果是害群之馬，稍微欺負一下也沒關係吧。」

狐狸四處嗅著地面並試著踩了踩，之後搬起一顆大石頭。石頭下方有八隻鼴鼠，看樣子是一家人，牠們一動也不敢動，嚇得止不住發抖。狐狸頓足說道：

「快點跑！不跑的話，我就把你們咬死！」鼴鼠一家人不停道歉「對不起、對不起……」，雖然想要逃跑，卻因為眼睛看不見，腳下又不靈活，感覺就像在原地扒草。

最小的鼴鼠四腳朝天，似乎昏了過去。狐狸咬了牠一口。霍蒙伊也情不自禁地發出「去去去」的聲音，雙腳直跺地。此時另一頭傳來「你們在做什麼？」的叫聲，狐狸轉來轉去，接著一溜煙地逃離現場。

那是霍蒙伊的爸爸。

爸爸連忙幫助鼴鼠們回到洞裡，並將石頭恢復原狀。之後氣得抓住霍蒙伊的脖子，一路把牠拎回家去。

媽媽走出家門，哭倒在爸爸身邊。爸爸說：

「霍蒙伊，你完了。今天貝之火一定碎了。不信你看。」

媽媽一邊拭淚一邊取出盒子，爸爸打開盒蓋。

出乎爸爸的預料，貝之火美麗的程度不亞於之前任何一天，感覺就像紅色、綠色、藍色等各式各樣的火焰在激烈纏鬥，既像地雷火[3]、狼煙，又像閃電、流光，有時藍色的火焰會突然擴散，有時又像隨風搖曳的罌粟花、鬱金香、玫瑰或梓木草。

爸爸默默地把玉交給霍蒙伊，霍蒙伊高興地看著玉，一下子就忘了眼淚。

媽媽這才安心地開始準備午餐。

3 譯註：日本福島縣淺川町在地面施放的特殊煙火，擁有三百多年的傳統。

大家坐下來吃吐司後，爸爸說：

「霍蒙伊，你要小心狐狸啊。」

霍蒙伊說：

「爸爸你放心，狐狸沒什麼了不起的。我有貝之火呀，那塊玉真的會碎、會起霧嗎？」

媽媽接著說：

「真的，真是一塊好寶物呀。」

霍蒙伊得意地說：

「媽媽，我一生下來就註定不會跟那塊玉分開了啦。不管我做了什麼，那塊玉都不會飛走的。而且我每天都會對著玉哈氣一百次、擦拭一百次。」

「要真是這樣就好了。」爸爸說。

那天晚上霍蒙伊夢到自己單腳站在如圓錐般的山頂上。

牠飽受驚嚇，哭著醒過來。

＊

隔天早上，霍蒙伊又走到原野上。

這天瀰漫著潮濕的霧氣，草木陷入一片寂靜，就連山毛櫸的葉子也紋風不動。

只剩風鈴草高亢的晨鐘響徹雲霄，在空氣中迴盪。

「噹——噹——噹鏘——噹鏘噹鏘——」

身穿短褲的狐狸拿著三塊吐司走向霍蒙伊。

「早安。」霍蒙伊說。

狐狸露出令人不快的笑容說：

「昨天可嚇到我了，霍蒙伊先生的爸爸真是頑固啊。怎麼樣？您的心情應該已經恢復了吧？今天我們再來做件有趣的事吧。您討厭動物園嗎？」

霍蒙伊說：

「不討厭呀。」

狐狸從懷裡拿出一張小小的網說：

「只要把它放在那裡，就可以捉到很多昆蟲、動物，蜻蜓啊、蜜蜂啊，還有麻雀、松鴉，甚至是更大的。只要把牠們收集起來，我們就可以開一間動物園了。」

霍蒙伊想像著動物園的情景，覺得有趣極了。於是牠說：

「好啊，可是那張網夠大嗎？」

狐狸詭異地說：

「沒問題的，請您快點把『天婦羅』拿回家去放吧。您等會兒回來，我差不多能捉到一百隻吧。」

霍蒙伊連忙把吐司帶回家，放在廚房的架子上，隨即回到原野。

牠一回來發現狐狸把網張在霧中的樺木上，對著牠哈哈大笑。

「哈哈哈，您看，我已經捉到四隻了。」

狐狸指著不知從何而來的大玻璃箱說。

那裡頭真的有四隻鳥，有松鴉、黃鶯、紅梅花雀、金翅雀，正著急得胡亂拍打著翅膀。

但是牠們一看到霍蒙伊，便放心地安靜下來。

黃鶯在玻璃另一邊說：

「霍蒙伊先生，請您一定要幫助我們。我們被狐狸捉到了，牠明天就會把我們吃掉的。求求您，霍蒙伊先生。」

霍蒙伊立刻伸手打開箱子。

但狐狸皺起眉頭，吊著眼睛說：

「霍蒙伊，你小心一點。你只要碰那個箱子一下，我就把你吃掉。你這個小偷。」

狐狸嘴巴張得好大。

霍蒙伊好害怕，一路狂奔回家。今天媽媽也到原野去了，不在家裡。

牠想早一刻確認貝之火的情況，一回到家裡就取出盒子、打開蓋子。

不知道是不是錯覺，牠彷彿在玉上看到像細針般的白霧。

霍蒙伊在意極了，連忙像平常一樣對著玉哈氣，再用紅梅花雀的羽毛輕輕地擦拭。

但那條白霧完全沒有消失。此時，爸爸回來了，爸爸看見霍蒙伊臉色有異。

「霍蒙伊，貝之火起霧了嗎？你的臉色怎麼這麼差？來，我看看。」爸爸接過玉，笑著說：「哎呀，這個一下子就可以弄乾淨了。而且黃色的火燃燒得比以往都要旺呀。來，把紅梅花雀的羽毛給我。」爸爸認真地擦拭，白霧卻越來越大。

媽媽回到家裡，默默從爸爸手中接過玉。她看了之後嘆了口氣，再對著玉哈氣、擦拭。

一家人沉默不語，只是輪流對著玉努力地哈氣、擦拭。

到了傍晚，爸爸像是突然想到什麼事情般站起來說：

「我們先吃飯吧，今天晚上就把玉泡在油裡面試看看，這樣應該最好。」

媽媽驚訝起身：「我都忘了這回事，什麼都沒準備。我們就吃前天的鈴蘭果實還有今天早上的吐司吧。」

「嗯，好啊。」爸爸答道。霍蒙伊嘆了口氣，把玉放回盒子裡，靜靜地凝視著它。

吃飯的時候沒有人開口說話。飯後，爸爸說：

「把玉放進油裡吧。」一邊說一邊把榧子油從架子上拿下來。

霍蒙伊接過油，把油倒進放著貝之火的盒子裡。儘管時間還早，一家人卻早早關燈睡覺了。

＊

霍蒙伊半夜裡睜開雙眼。

接著戰戰兢兢地起來，觀察枕頭邊的貝之火。泡在油裡的貝之火已經看不見紅色的火焰，而是散發銀色的光芒，就像魚眼一樣。

霍蒙伊放聲大哭。

爸爸媽媽聞聲驚醒後開燈。

沒想到貝之火變得跟鉛一樣白。霍蒙伊哭著告訴爸爸狐狸張網的事。

爸爸十分慌張，急急忙忙地換著衣服：

「霍蒙伊你這笨蛋，我也是笨蛋。你之所以得到那塊玉，是因為救了小百靈鳥的命啊。你前天還說什麼一出生就註定的話……我們走吧，說不定狐狸還沒有離開。你一定要拚命跟狐狸戰鬥，當然，我也會幫你的。」

霍蒙伊哭著起身，泣不成聲的媽媽也跟在兩人後面。

原野上瀰漫著霧氣，天就快要亮了。

狐狸還在樺木下張著網，牠一看見霍蒙伊一家人就哈哈大笑起來。霍蒙伊的爸爸大叫：

「狐狸你竟然騙霍蒙伊，我們來決鬥吧！」

狐狸的表情邪惡極了。

「哈，把你們三個殺來吃是不錯，但我可不想受傷，我還有更好的食物。」

一說完，狐狸抱著箱子拔腿就跑。

「等等！」霍蒙伊壓住玻璃箱，狐狸搖搖晃晃地無法站穩腳步，只好放棄玻璃箱繼續向前跑。

箱子裡有一百隻上下的鳥，大家都在哭泣。除了麻雀、松鴉、黃鶯，還有高大的貓頭鷹，以及那對百靈鳥母子。霍蒙伊的爸爸打開蓋子。

鳥兒們飛出來跪倒在地上，異口同聲地說：

「感謝您們，每次都承蒙您們搭救。」

爸爸說：

「不客氣，我們真是丟臉丟盡了。您們國王送我們的玉已經起霧了。」

鳥兒們又異口同聲地說：

「怎麼會這樣呢？請讓我們看一下。」

「請跟我來。」霍蒙伊的爸爸引導大家前往他們家。鳥兒一行浩浩蕩蕩地前進，垂頭喪氣的霍蒙伊一邊哭一邊跟在大家後頭。貓頭鷹大搖大擺地走著，並不時回過頭，用恐怖的眼神瞪著霍蒙伊。

大家走進牠們家。

鳥兒把家裡擠得水洩不通，貓頭鷹不知道看見什麼，不停地「咳咳、咳咳」

地乾咳。

霍蒙伊的爸爸把已然是塊白石頭的貝之火拿起來說：

「就像這樣，請各位盡情地笑吧。」就在這個時候，貝之火碎成兩半，接著發出「叭嘰叭嘰叭嘰」的巨響，好似一陣煙霧般粉碎在大家面前。

站在門口的霍蒙伊「啊」了一聲便昏倒在地上，因為貝之火的粉末掉進牠的眼睛裡。大家嚇了一跳，正要向那邊移動時，粉末又隨著「叭嘰叭嘰叭嘰」的巨響集合在一起，最後成為碎片，再拼成兩半，最後恢復以往的樣貌。火焰在玉裡面燃燒，像夕陽般發光發亮，接著「咻——」地飛出窗外。

鳥兒們看完熱鬧就一個接著一個離開，最後只剩下貓頭鷹。貓頭鷹環視室內，輕蔑地笑著說：

「才六天啊，哈哈，才六天啊，哈哈。」接著就大搖大擺地離開。

霍蒙伊的眼睛像先前的玉一樣又白又濁，完全失去視力。

媽媽從頭到尾都在哭。爸爸將雙手交叉在胸前沉思了好一會兒，接著，靜靜地拍了拍霍蒙伊的背。

「別哭了。無論到哪裡，都會發生這種事。你已經很幸運了。你的眼睛一定會好起來的，爸爸會想辦法把你的眼睛治好。聽見沒?別哭了。」

窗外的霧氣散去，鈴蘭的葉子閃閃發光，風鈴草響起晨鐘的鐘聲。

「噹——噹——噹鏘——噹鏘噹鏘——」那鐘聲高亢而洪亮。

貓咪事務所

辦公室裡越來越忙碌，工作順利進行著。大家偶爾會瞥向灶貓的方向，卻連一句話也不對牠說。
到了中午，灶貓也不吃自己帶來的便當，只是把雙手放在大腿上，低頭不語。

貓咪事務所

……關於某個小小官衙的幻想……

貓咪的第六辦公室位於輕便鐵道的停車場附近，這間辦公室的主要工作是調查歷史與地理。

辦公室裡的每位書記都穿著黑色短袍，十分受人尊敬。如果有書記因故離職，年輕的貓咪們會個個自告奮勇，爭先恐後希望獲得這份工作。

然而依照規定，這間辦公室的書記只有四個名額，所以錄取率極低，通常都是從字最好看，又懂詩詞的優秀候補者中，選出一個進入這間辦公室。

事務長是隻大大的黑貓，儘管有些老態龍鍾，眼睛卻像是好幾層銅線構成那般，不怒自威。

黑貓事務長有四個部下。

第一書記是白貓。

第二書記是虎斑貓。

第三書記是三毛貓。

第四書記則是灶貓。

之所以稱為「灶貓」，並不是因為牠天生的毛色如此。原本的毛色怎樣並不重要，而是因為牠晚上總是喜歡鑽進灶裡睡覺，身上總是沾滿了煤灰，尤其是鼻子、耳朵，看起來就像是一隻狸貓。

也因為這樣，其他貓咪都很討厭灶貓。

但這間辦公室裡當家作主的事務長是黑貓，所以原本再怎麼努力讀書也無法當上書記的灶貓，還是在四十名候補者當中脫穎而出。

黑貓事務長穩重地坐在偌大的辦公室正中央，桌上鋪著大紅色的羊毛桌巾。第一書記白貓、第三書記三毛貓坐在牠的右手邊，第二書記虎斑貓、第四書記灶貓則坐在左手邊。四位書記都端坐在小小的辦公桌前。

至於，請貓咪調查地理與歷史是怎麼一回事呢？

情況大概是這樣子。

咚咚咚，辦公室敲門聲響起。

「進來。」黑貓事務長將雙手插進口袋裡，身子稍微向後仰大喊。

此時四個書記都低著頭，手上不停翻著調查資料，看起來非常忙碌的樣子。

敲門的奢侈貓走進辦公室。

「有什麼事？」事務長問。

「我想去白令海峽附近吃冰河鼠，哪裡最適合呢？」

「好，第一書記，告訴牠冰河鼠的產地。」

第一書記翻開藍色封面的大資料簿答道：

「烏斯特拉葛梅那、諾巴斯卡伊亞、福薩河流域。」

事務長對著奢侈貓說：

「烏斯特拉葛梅那、諾巴……什麼？」

「諾巴斯卡伊亞」，第一書記和奢侈貓異口同聲說道。

「對，諾巴斯卡伊亞，然後呢?!」

「福薩河。」聽到奢侈貓和第一書記再度同時提醒，事務長顯得有點尷尬。

「對對對，福薩河。總之就是那一帶。」

「那旅途中有什麼需要注意的事情嗎？」

「好，第二書記，告訴牠到白令海峽附近旅行的注意事項。」

「是。」第二書記翻著自己手邊的資料。「夏貓完全不適合旅行。」此時，

大家不約而同地瞄了灶貓一眼。

「冬貓也要非常小心，經過函館時，可能會被人類用馬肉拐走。特別是黑貓，旅途中一定要再三強調自己是貓，否則容易被誤認成黑狐，遭到獵人的追殺。」

「很好，如牠所說，你不是我們黑貓一族，不需太過擔心。只要經過函館時小心馬肉即可。」

「這樣啊，那再請問那邊有哪些社會名流？」

「第三書記，告訴牠白令海峽附近有哪些社會名流？」

「是，嗯……白令海峽附近有兩位有力人士，分別是托巴斯基和肯森斯基。」

「托巴斯基和肯森斯基是什麼樣的人呢？」

「第四書記，大略介紹一下托巴斯基和肯森斯基這兩個人。」

「是。」第四書記灶貓早已將牠短短的手分別放在托巴斯基和肯森斯基那兩頁，等待事務長的吩咐。事務長和奢侈貓看了，都相當地佩服。

但其他三個書記卻斜睨著牠竊笑，一副瞧不起的樣子。灶貓努力地朗讀著資料：

「托巴斯基是一名德高望重的酋長，目光炯炯有神，但說話速度緩慢。肯森斯基是一名資產家，說話速度緩慢，但目光炯炯有神。」

「嗯，我知道了，謝謝。」

奢侈貓走出辦公室。

大概就是這樣，對貓咪而言，第六辦公室實在非常方便。但半年之後，第六辦公室面臨廢除的命運。原因相信大家已經隱約察覺到了。比較資深的三個書記非常討厭第四書記灶貓，其中又以第三書記三毛貓最為嚴重，牠一心覺得自己可以勝任灶貓的工作。就算灶貓努力想獲得大家的肯定，卻老是事與願違。

比如說有一天中午，坐在灶貓隔壁的虎斑貓把便當盒放在桌上，準備開始吃的時候，忽然很想打呵欠。

於是虎斑貓將短短的雙手用力舉得高高地，一邊打呵欠一邊伸了個大懶腰。這對貓咪來說，並不是什麼不敬的無禮動作；以人類的行為比喻，就跟搓揉自己的鬍鬚一樣。如果只是這樣還無所謂，最要不得的是牠連腳也伸得老長。結果桌面因此變得傾斜，便當盒開始滑動，最後甚至掉在事務長辦公桌前的地板上。儘管便當盒表面變得有些凹凸不平，但因為是鋁製的，所以沒有摔壞。虎斑貓連忙收起伸懶腰的動作，從桌子上方伸長了手，試著撿回牠的便當盒。但是，牠的手不夠長，剛好懸在要搆卻搆不著的尷尬位置，只見便當盒在地面上滾來滾去，牠就是無法抓住。

「你這樣不行啦，搆不到啦。」一旁大口咬著麵包的黑貓事務長笑道。正要打開便當盒的第四書記灶貓見狀，立刻起身把便當盒撿起來，打算交給虎斑貓。誰知虎斑貓突然暴怒，不肯接過灶貓手上的便當盒。牠把手放在身後，晃著身體耍賴大罵：

「怎麼？你現在是要我吃這個便當嗎？要我吃掉在地上的便當？」

「我不是這個意思，我是看您想撿這個便當，所以幫您撿起來。」

「誰說我想撿？嗄？我只是覺得這個便當掉在事務長前面，實在太失禮了，想把它推進桌子底下而已。」

「這樣啊，我還以為是因為便當滾來滾去，所以……」

「你真是太過分了，有膽就跟我決……」

「好啦好啦好啦好啦。」事務長扯開嗓門大吼，不是為了火上加油，而是刻意不讓虎斑貓說出「決鬥」兩字。

「別再吵了，灶貓君[4]撿便當不是為了讓虎斑貓君吃啦。話說，今早我忘記說了，我有幫虎斑貓君調薪，以後每個月多十錢。」

虎斑貓一開始面目猙獰，但還是低著頭聽事務長說話。後來聽到調薪的事，頓時眉開眼笑起來。

「抱歉，讓大家擔心了。」但牠還是瞪了灶貓一眼才坐下。

各位讀者，我很同情灶貓。

便當盒事件過了五六天，類似的事件又發生了一次。之所以經常發生這種事，一來是因為貓咪天生懶惰，二來是因為貓咪的前腳——也就是手——實在太短了。這次輪到另一邊的第三書記三毛貓。一早開始工作前，牠的筆因為相同的情況滾到地板上。其實如果三毛貓願意立刻站起身來撿，就沒有什麼問題，但牠跟虎斑

4 在日本，主管會以「君」來稱呼部下。

貓一樣不喜歡動，也是從桌子上方伸長了手，試著撿起地上的筆。當然，他還是撿不到。而且三毛貓個子又特別矮，即使雙腳已經騰空，還是搆不到。因為前車之鑑，灶貓對於要不要幫三毛貓撿，感到有些遲疑。牠眨著眼睛觀望了好一會兒，最後還是決定起身。

就在那個當下，重心不穩的三毛貓喀唧一聲翻了個大跟斗，頭下腳上地摔下桌子。由於發出的聲響太大，黑貓事務長嚇得站起來，連忙從後面架子上拿了瓶氨水，打算讓三毛貓清醒過來。誰知三毛貓已經立刻起身，指著灶貓破口大罵：

「灶貓，你竟然敢推我！」

這次事務長也立刻安撫三毛貓。

「噯，三毛貓君，你誤會了。

「灶貓君只是好心站起來要幫你而已，牠連碰都沒碰你一下。不過這只是件小事，就別放在心上了嘛。嗯……這是三德堂的遷移申請書……」事務長立刻埋首工作，三毛貓聞言也只得繼續工作，但牠還是不時惡狠狠地瞪著灶貓。

這種情況讓灶貓十分難受。

有好幾次，牠試著像其他貓咪一樣睡在窗外，但到了半夜就會凍醒，不停打噴嚏，最後只好又鑽進灶裡睡覺。

牠為什麼這麼怕冷呢？那是因為牠的皮很薄。至於牠為什麼皮這麼薄呢？因為是牠是在土用[5]這段時間出生的。說到底還是我自己不好，這也是無可奈何的事——灶貓心想，圓滾滾的大眼睛裡滿是淚水。

可是事務長對我這麼好，而且其他灶貓都以我能在這間辦公室工作為傲，再怎麼痛苦，我都不能放棄，一定要撐下去——灶貓邊哭邊握緊拳頭勉勵自己。

萬萬想不到，最後就連事務長也變得不可靠了。貓咪這種生物看似精明，其實非常愚笨。有一天，灶貓不小心感冒了，腳底腫得跟碗一樣大，完全無法走路，一整天都無法去工作。動彈不得的牠只能在家裡一直哭、一直哭、一直哭。一整天，牠只能凝視著從倉庫那扇小窗戶射進屋內的黃色光線，不停地擦拭淚水。

同一時間，辦公室裡出現這段對話。

「咦?灶貓君怎麼還沒有來?都這麼晚了。」事務長趁著工作空檔問道。

「哼，應該是跑去海邊玩了吧。」白貓說。

「不不不，應該是去參加什麼宴會了。」虎斑貓說。

「今天有宴會嗎?」事務長驚訝地問。因為牠覺得其他貓咪辦宴會時，不可能不邀請牠參加。

「我記得牠好像說北邊的學校要舉行開學典禮。」

「這樣啊……」黑貓沉思。

5 「土用」指的是「立春、立夏、立秋、立冬」等四個節氣的前18天。目前在日本，「土用」多指「立秋」的前18天。

「話說這陣子，」三毛貓接著說：「話說這陣子，為什麼大家一直邀請灶貓呢？因為牠對外吹噓自己是下一任事務長啊，所以那些笨蛋才會無所不用其極地討牠歡心。」

「這是真的嗎？」黑貓勃然大怒。

「當然，不然您可以去查啊。」三毛貓嘟著嘴說。

「太過分了，虧我這麼看好牠、照顧牠。好，既然如此，我也自有打算。」

黑貓說完，辦公室陷入一片沉默。

隔天。

灶貓的腳終於不腫了，於是牠一早開開心心地出門，冒著狂風前往辦公室。一進辦公室，牠發現自己的資料簿——牠相當重視、每天一到辦公室，都會輕撫摸封面的心愛資料簿——竟然不在自己的桌上，而是分成三份，放在其他三位書記的桌上。

「啊……看樣子昨天一定很忙。」灶貓沒來由地心跳加速，用乾啞的聲音自言自語。

喀噠——三毛貓開門走進辦公室。

「早安。」儘管灶貓起身向三毛貓打招呼，三毛貓卻沉默不語，而且一坐下就開始抄寫資料，一副很忙碌的樣子。

喀噠——這次走進辦公室的是虎斑貓。

「早安。」儘管灶貓起身向虎斑貓打招呼，虎斑貓卻連看都不看牠一眼。

「早安。」三毛貓說。

「早，今天風好大呀。」虎斑貓也立刻翻起資料。

喀噠——白貓走進辦公室。

「早安。」虎斑貓和三毛貓異口同聲地向白貓打招呼。

「早，風颳得好大啊。」白貓也立刻埋首工作。雖然灶貓無力地向白貓起身行禮，白貓卻視若無睹。

喀噠——

「哇，好大的風啊。」黑貓事務長走進辦公室。

「早安。」三個書記官迅速起身行禮，灶貓也怔怔地低頭行禮。

「這簡直就是暴風嘛。」黑貓刻意不看灶貓，話一說完就開始工作。

「好，今天要繼續調查阿摩尼亞克兄弟，才能回答昨天的問題。第二書記，阿摩尼亞克兄弟裡前往南極的是誰？」大家開始工作了，但灶貓只能低頭不語，因為牠桌上沒有資料。就算牠想開口問這是怎麼一回事，卻發不出聲音。

「是龐・波拉理斯。」虎斑貓回答。

「好，介紹一下龐・波拉理斯的詳細資料。」黑貓接著說。啊……這是我的工作，我的資料、資料……灶貓急得都要哭了。

「龐・波拉理斯前往南極探險後，回程時死於雅茲布島海域，遺體海葬。」第一書記白貓朗讀著灶貓的資料簿。龐大的無力感與悲傷向灶貓襲來，牠覺得臉頰好酸，卻只能咬著牙默默忍耐。

辦公室裡越來越忙碌，工作順利進行著。大家偶爾會瞥向灶貓的方向，卻連一句話也不對牠說。

到了中午，灶貓也不吃自己帶來的便當，只是把雙手放在大腿上，低頭不語。下午一點，灶貓開始啜泣。牠哭哭停停持續了三個小時，直到傍晚。

即使如此，大家還是裝作若無其事的樣子，有說有笑地工作著。

就在這個時候，雖然貓咪們都沒有發現，但森林之王──獅子出現在辦公室外。從事務長身後那扇窗戶，可以看見獅子金色的鬃毛。

獅子狐疑地觀察了辦公室裡的情況好一會兒，突然敲門走了進來。貓咪們全都嚇壞了，驚慌失措地在辦公室裡走來走去；只有灶貓隨即停止哭泣，立正站好。

獅子用洪亮而清晰的聲音說：

「你們在做什麼？那種雞毛蒜皮小事需要什麼地理和歷史，給我解散！聽到沒？我命令你們解散！」

這間辦公室就這樣被廢除了。

我心裡有一半贊成獅子的想法。

滑床山的熊

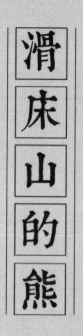

滑床山的熊

不知道為什麼，小十郎覺得胸口滿滿的，他再次望向對面山谷如白雪般的花朵，以及一心沐浴在月光裡的母熊與小熊，隨後避免發出任何聲響，悄悄地、悄悄地離開。

滑床山的熊——這個故事很有趣。滑床山是一座很大的山。山上有一條河叫淵澤川。整座山幾乎三百六十五天都籠罩在雲霧之中。四周是一座座看起來像黑色海參或海龜的山。中央有個大大的洞穴，淵澤川在那裡形成高三百尺的瀑布，自檜木等樹林間流瀉而下。

中山街道[6]近來很少有人經過，長滿了蜂斗菜、虎杖等山菜。路上有柵欄，或許是為了避免牛隻誤闖。只要往前走三里路，就可以聽見風吹過山頂的聲音。仔細一瞧，會發現那邊有條細細長長的白色物體自山頂落下，並捲起一陣陣煙霧——那是滑床山的大空瀑布，以前有許多熊群居在這裡。其實我自己沒有看過滑床山，也沒有看過熊膽，都是聽人家說再自己想像的。或許我描述的內容與實際

6 「中山街道」指的是日本岩手縣花卷市經秋田縣仙北郡至大仙市的主要地方道路，有些路段目前無法通行。

情況有所出入，但我的確是這麼想的。無論怎麼說，滑床山真的盛產熊膽。

熊膽不僅可以治療腹痛，還可以幫助傷口癒合。鉛湯入口從以前就一直掛著「內售滑床山熊膽」的招牌。這就表示一定會有熊吐著紅色舌頭，經過滑床山的山谷；也會有小熊在那裡玩相撲，玩到全身傷痕累累。捕熊名人淵澤小十郎就在滑床山不斷追蹤這些熊的蹤跡。

淵澤小十郎是個身強體壯的大叔，他的一隻眼睛比較小，有著一身黝黑通紅的皮膚。此外，他的體形與小型的臼相仿，手掌跟北島毘沙門天[7]幫助人們治病的手印一般大，而且非常厚實。到了夏天，小十郎會穿著用菩提樹樹皮做成的衣服、草鞋，帶著原住民使用的山刀、來自葡萄牙的長槍，還有一條威武的黃狗，從紅葉笠澤、三又、薩卡伊山、獾洞森、白澤等各個方向縱橫滑床山。由於樹木茂密，只要沿著山谷前進，就像走進黑漆漆的隧道裡，偶爾經過有陽光照射的地方，就能看見一片綠色或金黃色的亮光，甚至還能看見花朵。對小十郎來說，整座山就像自己家一樣熟悉，他總是慢慢地、慢慢地前進。不管前方是不是山崖，小十郎的狗總是跑在前方，跑累了就趴下來。有時會直接跳進水裡，橫渡水流緩慢的河流，在對面的岩石上甩掉身上的水分，皺著鼻子等待小十郎的到來。小十郎渡河時總是撇著嘴，雙腳看起來就像在用圓規畫圓，河流在他大腿上激起一陣陣水花，

7 「毘沙門天」指日本七福神之一，亦是佛教四天王之一、八大藥叉大將之一。

彷彿一張張白色的屏風。雖然一開始就說出來似乎不太妥當，但其實滑床山一帶的熊很喜歡小十郎。當小十郎穿越噗嚕噗谷旁長滿薊草等植物的狹窄河岸，熊會靜靜地在高處——或用雙手抓著樹枝、或在山崖盤坐——興致盎然地目送他離開。感覺熊也很喜歡小十郎的狗。但再怎麼喜歡，熊也無法接受小十郎與牠們對峙、大黃狗像屁股著火般向牠們衝來，或是小十郎眼中散發詭異的光芒，拿槍瞄準牠們。發生這些情況的時候，熊會因為疑惑而揮手拒絕。但每隻熊的個性不同，脾氣比較壞的熊會挺直背大吼大叫，甚至伸出雙手往小十郎的方向衝，即使踩死小十郎的狗也不在乎。這時候，小十郎會冷靜地躲在樹木背後，瞄準熊的腹部開槍。中槍後的熊，吶喊聲響徹整片森林，接著倒臥在紅得發黑的血泊中，用鼻子發出哀鳴，慢慢地死去。最後小十郎會將槍放在樹幹旁，小心翼翼地走到熊的身旁說：

「熊啊，我不是因為恨你才殺你的，我是為了生存。我也想做一些不會造業的工作，但我沒有田地，這片樹林也不屬於我，就算到鎮上，也沒有人願意給我工作。我窮途末路，只好開始打獵。你投胎為熊是因果，我以打獵維生也是因果。希望你下輩子不要再是熊啦。」

此時狗兒也不再氣勢凌人，只是瞇起眼睛坐在一旁。

小十郎四十歲的那年夏天，很多人——包括小十郎的妻兒——罹患痢疾身亡，那隻狗卻一直很有精神。

然後小十郎自懷中取出亮晃晃的小刀，從熊的下顎沿著胸部、腹部，流暢地切開熊皮。我非常討厭接下來的畫面，總之小十郎會將鮮紅的熊膽放進懷中的木碗，接著將沾滿鮮血的熊皮帶到山谷裡清洗，捲起來揹在背上，無力地沿著山谷而下。

我甚至覺得小十郎懂熊的語言。有一年春天，山上樹木都還沒有發芽的時候，小十郎帶著狗自白澤上山。傍晚，小十郎想起去年夏天他在穿過拔海澤、往山頂的路上用竹葉搭了一間小屋，決定在那裡過夜。然而不知道為什麼，小十郎弄錯了入口。

他好幾次回到山谷裡再重新往上走，不僅狗疲憊極了，就連小十郎也撇著嘴大口大口地喘氣。最後終於找到了已經半塌的小屋。小十郎想起小屋下方不遠處有湧出的泉水，便出發去取水。沒想到他在路上看見兩隻熊——母熊跟快要一歲的小熊——像人一樣用手抵住額頭眺望遠方，牠們在半圓月淡淡的月光中，凝視對面的山谷。小十郎彷彿能在兩隻熊的背後看見光環，不由自主地停下腳步，觀察兩隻熊的動靜。接著小熊撒嬌般地說道：

「媽媽，那個怎麼看都是雪啊，而且只有山谷這邊變成白色，怎麼看都是雪啊。」

母熊又望了望對面，過一會兒才說：

「不是雪，現在那邊不會下雪。」

小熊又說：

「所以是之前下的雪還沒有融化。」

「可是媽媽昨天才去那邊看發芽的蓟草呀。」

小十郎也望向對面的山谷。

月光流瀉在山坡上，山坡好比閃閃發光的銀色盔甲。又過了一會兒，小熊說：

「如果不是雪，那就是霜了。嗯，一定是這樣。」

小十郎心想，今晚的確有可能結霜。這麼靠近月亮，胃都會因為寒冷而微微打顫，而且今晚的月亮看起來跟冰一樣。

「媽媽知道了，那是辛夷的白花。」

「什麼嘛，原來是辛夷啊，我知道那種花哦。」

「可是你以前沒有看過。」

「我知道，我之前有去摘過。」

「你摘的不是辛夷的花，是梓樹的花。」

「是哦……」小熊裝傻回道。不知道為什麼，小十郎覺得胸口滿滿的，他再次望向對面山谷如白雪般的花朵，以及一心沐浴在月光裡的母熊與小熊，隨後避免發出任何聲響，悄悄地、悄悄地離開。小十郎祈禱風不要往那個方向吹，慢慢地後退。在月光下，他聞到了鈞樟樹的香氣。

儘管小十郎如此豪氣，但他帶著熊皮、熊膽到鎮上賣，卻總是得到不公平的待遇，一提起就讓人心生同情。

鎮上有間大型的雜貨店，裡頭擺滿竹篩、砂糖、磨刀石、花牌、變色龍牌的菸草、玻璃製的蒼蠅壺[8]等商品。每當小十郎揹著如一座小山般的毛皮跨進玄關，老闆就會輕輕一笑，像是在說：「你又來啦？」這一天，老闆坐在裡頭，用青銅的火盆取暖。

「老闆，之前真是感謝您。」

在山裡像大王一般的小十郎放下毛皮，畢恭畢敬地跪坐在地板上，雙手也貼著地板。

「好說好說，今天有何貴幹？」

「我又帶了點熊皮來。」

「熊皮？可是你之前帶來的熊皮還沒賣掉，今天就先算了吧。」

「老闆，您別這麼說，我願意便宜賣給您，請您買下來吧。」

「再怎麼便宜，我都不要。」主人沉著地用手掌拍拍菸管。那個在山裡像大王一樣的小十郎聽了，不禁擔心地皺了皺眉頭。儘管小十郎家有許多從山上帶回來的栗子，也在稱不上是田地的後院種了一些稗子，但完全沒有米，也沒有味噌。要養活一家七口——包括他九十歲的老媽媽與五個孫子——還是得有米才行。

8　「蒼蠅壺」是日本昭和時代初期用來捕捉蒼蠅的容器，尺寸不一，通常是玻璃製品。

一般農家還可以織麻布來賣，但小十郎家裡只有用藤蔓編製的容器，除此之外什麼都沒有。又過了一會兒，小十郎再次以乾啞的聲音懇求：

「老闆，算我求求您，您能買多少就買多少吧。」小十郎慎重地行禮。

老闆默默地吞雲吐霧，好遮掩臉上的笑意。接著他說：

「好，你放著吧。平助，給小十郎先生兩圓。」

小二平助坐在小十郎面前，將四枚大大的銀幣交給小十郎。小十郎滿心歡喜地收下銀幣。老闆的態度也與剛才不同。

「來人啊，給小十郎先生一杯酒。」

小十郎高興得雀躍不已。老闆侃侃而談，小十郎也不時謙恭地描述山裡的情況。不久後，廚房傳來飯菜準備好的消息。小十郎原本想推辭，最後還是被拉到用餐的地方。他再次慎重地行禮。

店裡的人用黑色的盤子端來鹽漬鮭魚切片與生花枝切片，還有一瓶酒。

小十郎畢恭畢敬地坐下，慎重地將生花枝切片放在手背上品嚐，並啜飲小酒杯裡黃色的酒。其實物價再怎麼低，兩片熊皮賣兩圓——論誰都會覺得實在太便宜了。對此，小十郎當然心知肚明，卻別無他法。不賣給雜貨店，熊皮也無法賣給其他人。為什麼呢？許多人不了解內情。日本有一種猜拳遊戲叫「狐拳」，規定狐狸輸給獵人、獵人輸給商人。就像現在熊敗給小十郎、小十郎敗給老闆，是一樣的道理。老闆只是因為鎮上有許多人，所以不會被熊吃掉。所幸世界越來越進步，這種既討厭又卑鄙的人自然會從世界上消失。說實話，當我在寫這些讓人不屑一顧，既討厭又卑鄙的人欺壓小十郎的事情時，心裡真的不是滋味。

因此即使小十郎以殺熊為業，熊卻從來沒有恨過他。某年夏天，甚至發生一件奇事。

那天，小十郎在山谷裡前進，他爬上一塊岩石，看見一隻大熊彎著背，像貓一樣在爬樹。小十郎立刻舉起槍，他的狗也興高采烈地衝到樹下，沿著樹幹打轉。

樹上的熊像是在思考，是要往小十郎的方向跳下來？還是要在樹上中彈？最後牠忽然放開雙手，從樹上重重地摔下來。小十郎仍然沒有掉以輕心，拿著槍靠近那隻熊。此時熊舉起雙手大喊：

「你為什麼要殺我？你想要什麼？」

「嗯……我想要你的毛皮還有膽，其他的我都不要。我真的很同情你們，而且帶到鎮上去賣也賣不到好價錢，但我實在是走投無路了。被你這樣問，讓我覺得就算只吃栗子，餓死也就算了。」

「請你等我兩年。我死了不要緊，但我有些事情必須處理，只要兩年。兩年後，我一定會死在你家門前，不管你要毛皮還是膽，通通都拿去吧。」

小十郎覺得很奇怪，呆立在原地陷入沉思。此時熊站起來，緩步離去。小十郎還是一動也不動。熊頭也不回的，慢慢地、慢慢地走著，彷彿確信小十郎不會突然從後方開槍射牠。當枝葉間的陽光灑在牠黑色的身軀上，那寬廣的背反射耀眼光芒時，小十郎才終於發出「呃，呃」的聲音，最後他只能無奈地穿越山谷，踏上歸途。兩年後的同一天，一早風就非常地大，小十郎擔心樹木、籬笆會倒塌，所以到外頭察看。沒想到一隻他曾經看過的黑熊——也就是兩年前那隻黑熊，躺在完好無缺的檜木籬笆下。小十郎嚇了一跳，因為他原本就有點擔心那隻熊會不會真的來找他。小十郎走近一看，發現熊倒臥在地上，吐出大量鮮血，他不禁雙手合十。

一月的某一天，小十郎早上離開家門前，說了一句從來沒有說過的話。

「媽，我也老了。我這輩子到今天，第一次覺得不想走到水裡面。」

小十郎高齡九十歲的老媽媽坐在簷廊邊，借著陽光紡線。她抬起頭，用幾乎快要看不見的眼睛看了看小十郎，露出像是在笑又像是在哭的表情。小十郎綁好草鞋，起身走出家門。孫子們輪流走到小屋前，笑著對小十郎說：「爺爺，早去早回哦。」小十郎仰望清澄的藍天，對孫子們說：「我出門啦。」

他走在冰凍的白雪上，往白澤的方向走去。

氣喘吁吁的狗伸出舌頭，走走停停地前進。過一會兒，當小十郎的身影隱沒在山丘的另一邊，孫子們開始用稗稈玩耍。

小十郎沿著白澤河岸往上游而行。河流上看得見深藍的深淵，如玻璃板般冰凍的河面，以及如念珠般串連的冰柱。河流兩邊的衛矛結滿紅、黃色的果實，看起來像一整片綻放的花朵。小十郎一邊走一邊看著自己和狗的影子閃閃發光，和白樺木的影子一同倒映在雪地上，都變成藍色的。

前年夏天他發現只要從白澤出發，每翻過一座山，就有一隻大熊棲息。

小十郎進入山谷後，先越過五處支流，接著由右至左、由左至右地溯溪而上。途中經過小小的瀑布，小十郎從瀑布下方出發，朝著長根的方向開始往上爬。亮晃晃的白雪實在太刺眼了，小十郎覺得自己好像戴著一副紫色的眼鏡。他的狗儘管腳步滑了好幾次，還是不肯向積雪的山崖認輸，持續往上爬。好不容易登上山崖，眼前是一片長滿栗子樹的緩坡，平坦的雪地閃耀寒水石般的光芒。四周高聳的雪峰，看起來尖尖細細的。當小十郎在山頂稍事休息的時候，他的狗突然著火似地狂吠。小十郎驚訝得轉過頭去看，發現他前年夏天就注意到的熊用兩隻腳站著，朝他衝過來。

小十郎冷靜地把腳跨出去，舉起槍。高舉雙手的熊直直走過來，看起來就像一根柱子。即使是小十郎，看到眼前這副景象，臉色也不禁變了。

小十郎聽見「碰──」的槍聲，但熊卻沒有倒下，還是像黑色暴風般離他越來越近。狗咬著熊的腳不放。就在那一瞬間，「鏘──」的一聲響起，小十郎的腦袋一片空白。接著，他聽見像是從很遠很遠的地方傳來的聲音──

「哦……小十郎……我不是故意的，我無意殺你啊……」

小十郎心想，我已經死了吧。接著他彷彿看見滿天的星光，一閃一閃地。

「這就是死亡的徵兆。我看見了死前會看見的火焰。熊啊，請原諒我……」

小十郎在心裡說道。我不清楚之後小十郎在想些什麼。

到了第三天晚上，月亮像一顆結冰的球，高掛在空中。白雪晶晶亮亮、河水清清粼粼。昴宿星與參宿星像是在呼吸般，閃耀著綠色與橘色的光芒。

許多隻大黑熊聚集在山上那塊被栗子樹與雪峰包圍的平地上，形成一個個環形，趴在雪地上一動也不動，看起來就像伊斯蘭教徒在祈禱。月光下，可以看見小十郎的遺骸以半坐臥的姿勢被放在最高處。

儘管小十郎的屍體渾身僵硬，表情卻栩栩如生，甚至像是笑逐顏開。那些大黑熊就像化石般一動也不動，直到參宿星來到天頂，然後西沉……

黃色番茄

黃色番茄

蜂鳥用它尖細如口琴般的聲音，悄悄地對我說：「剛才對不起，因為我好累哦。」我也溫柔地回應：「我一點都不生氣，快告訴我之後發生了什麼事。」

博物局十六等官

克斯特日誌

我們鎮上的博物館有一個很大的玻璃櫃，裡頭有四隻蜂鳥標本。小小的蜂鳥很可愛，活著的時候會發出「咪——咪——」的鳴叫聲，像蝴蝶一樣吸取花蜜。四隻中，我特別喜歡最上面那隻。牠展開雙翅，像是隨時都有可能飛向藍天。牠有一對紅眼睛、藍綠色的胸膛。抬頭挺胸的牠，胸前還有波浪形的美麗花紋。

那件事發生在我還很小的時候。有一天清晨，我在去學校之前，悄悄溜去博物館，在玻璃櫃前站了一會兒。沒想到，那隻蜂鳥竟突然用如銀針般纖細而美妙的聲音，對我說：

「早安。那個名叫貝姆貝爾的小孩真的很乖，可是好可憐呀。」

當時窗戶還拉著厚厚的咖啡色窗簾，室內昏暗地就像身處啤酒瓶中，於是我也跟牠打招呼：

「蜂鳥早安。你說那個名叫貝姆貝爾的人怎麼了？」

玻璃另一邊的蜂鳥接著說：

「嗯，早安。他妹妹奈莉真的很可愛，可是好可憐呀。」

「他們怎麼了，你倒是快說呀。」

蜂鳥張開嘴，就像在笑一樣。

「我會告訴你，你先把書包放在地板上，坐在書包上吧。」

我有點遲疑，畢竟書包裡放了書，但實在很想聽蜂鳥說話，所以就照牠的話去做。之後蜂鳥說：

「貝姆貝爾和奈莉的爸爸媽媽每天都很認真工作，他們兩個卻一直玩耍。（以下缺一張原文）

「當時我說：

「『再見，再見』接著穿過貝姆貝爾家那些漂亮的樹木花草，返回家裡。

「他們也會磨小麥。

「在他們把小麥磨成麵粉的時候，無論何時，我都會去觀看。看他們用紅色的玻璃水車努力地把小麥磨成麵粉，貝姆貝爾捲捲的頭髮、身上淺黃色的短背心還有寬鬆的棉布短褲都會變成一片灰白。奈莉把四百喱[9]麵粉裝進棉布袋裡，就會累得靠在門口，靜靜地眺望田地。

「那時候我就會飛過去笑她：『奈莉，你喜歡鼴鼠嗎？』

——他們也有種高麗菜。

「在他們採收高麗菜的時候，無論何時，我都會去觀看。看貝姆貝爾切斷高麗菜粗粗的根，奈莉用雙手把高麗菜裝進水藍色的一輪推車裡。接著他們會用推車把高麗菜送到黃色的玻璃倉庫。綠色的高麗菜堆成一座小山，好壯觀呢。

「他兩兄妹就相依為命，過著快樂的生活。」

「沒有大人嗎？」我忽然想到這個問題。

「一個大人也沒有，只有貝姆貝爾、奈莉兩兄妹相依為命，過著快樂的生活。

可是真的好可憐。

貝姆貝爾真的很乖，可是好可憐呀。

奈莉也真的很可愛，可是好可憐呀。」

蜂鳥突然不再說話。

但我卻一點也冷靜不下來。

蜂鳥靜靜地站在玻璃另一邊。

9 英美的重量單位，1喱＝0.0648公克。

我抱著雙腿，默默地看著蜂鳥，但蜂鳥卻一句話也不說。而且牠安靜的樣子，彷彿在告訴我「已經死掉的人怎麼可能從墳墓爬出來說話呢？」我站起來，走到玻璃櫃前，雙手貼著玻璃對蜂鳥說：

「噯，蜂鳥，貝姆貝爾和奈莉後來怎麼了？發生什麼事了？噯，你說話啊。」

但嘴巴尖尖細細的蜂鳥還是靜靜地看著遠方的大山雀，一句話也不說。

「噯，蜂鳥，你說話啊。這樣不行哦，話怎麼可以只說一半呢？你說話啊，剛才的話還沒有說完呢，為什麼不說了？」

因為我不停說話，玻璃都起霧了。

四隻美麗的蜂鳥都靜靜地，一句話也不說。我哭了出來。

為什麼哭？因為最美的蜂鳥剛剛還在用銀針般纖細美妙的聲音跟我說話，現在卻猶如死了一般全身僵硬，就連眼睛都變成黑色的，看起來和大山雀沒有兩樣。而且雖然牠面向另一邊，我卻完全無法分辨牠的眼睛是否看得見。而且不知道在太陽下辛勤工作的貝姆貝爾、奈莉兩兄妹後來發生什麼糟糕的事，這叫我怎麼不哭呢？我可以為了這件事哭個一星期。

就在那個時候，我右邊的肩膀忽然變得很重，而且很溫暖。我嚇了一跳，轉過頭去看。有一對白眉的值班大叔眉頭緊蹙，一臉擔心地看著我。大叔把手放在我的肩膀上，開口問道：

「為什麼哭成這樣呢？肚子痛嗎？怎麼會一大早來看玻璃櫃裡的鳥卻哭成這

樣呢？」

但我的眼淚就是停不下來，大叔又說：

「不要哭這麼大聲。

「博物館還有一小時半才開，我是偷偷讓你進來的。

「你哭那麼大聲，其他人聽到會罵我的。不要哭成這樣，為什麼哭成這樣呢？」

我這才回答：

「因為蜂鳥不跟我說話了啊。」

大叔放聲笑了出來。

「哦……一定是蜂鳥跟你說話，說到一半就不說了吧？這隻蜂鳥真是的，牠很喜歡耍這個把戲來捉弄人類。好，讓我來罵罵牠。」

值班大叔走到玻璃前，

「喂，蜂鳥，你今天已經耍這個把戲幾次啦？我會好好記在筆記本上。你如果太過分，我就只好請館長把你送到冰島啦。」

「好了，小朋友，這傢伙之後一定會跟你說話的。你快把眼淚、鼻涕擦一擦。嗯……這樣清爽多了。

「說完，你就要快點去學校哦。

「牠很不耐煩，如果拖太久，牠又會說一些討人厭的話。動作要快哦。」

值班大叔擦乾我的眼淚，接著雙手在背後交叉，輕輕地走到另一邊巡邏。

等昏暗的咖啡色房間再也聽不見大叔的腳步聲，蜂鳥又轉過來看著我。

我的心臟跳得好快。

蜂鳥用它尖細如口琴般的聲音，悄悄地對我說：

「剛才對不起，因為我好累哦。」

我也溫柔地回應：

「我一點都不生氣，快告訴我之後發生了什麼事。」

蜂鳥接著娓娓道來。

「貝姆貝爾和奈莉真的很可愛。他們家是藍色的玻璃屋，他們只要待在屋裡，把窗戶關上，看起來就像生活在海底。而且我完全聽不到他們的聲音，因為那玻璃非常厚。

「可是看到他們對著大大的筆記本，嘴巴一開一合的，論誰都能立刻看出來他們在唱歌。我很喜歡他們唱歌的模樣，總是站在庭院的紫薇樹上看他們唱歌。

「貝姆貝爾真的很乖，可是好可憐呀。奈莉也真的很可愛，可是好可憐呀。」

「到底是發生了什麼事？」

「就是他們真的過著快樂的生活，如果只是這樣就好了。但他們在田地裡種了十株番茄樹，其中五株的品種是『龐德羅莎』、五株是『鮮紅櫻桃』。『龐德羅莎』的果實很紅很大；『鮮紅櫻桃』的果實跟櫻桃一樣小小的，可是很多。雖然我不吃番茄，但我很喜歡『龐德羅莎』。有一年，『鮮紅櫻桃』的幼苗有兩種顏色，種了之後長出的新芽也有兩種顏色。漸漸茁壯後，儘管葉子散發番茄的味道，莖卻長出一顆顆黃金般的小球。

「而且越長越大。

「五株『鮮紅櫻桃』裡只有一株是神奇的黃色，還會閃閃發亮。光彩奪目的黃色番茄，在深綠色的枝葉裡閃耀光芒，看起來氣派極了。於是奈莉問：

「『哥哥，為什麼那番茄會發亮呢？』

「貝姆貝爾將手指放在嘴唇上，想了一會兒後答道：

「『那是黃金啊，所以才會發亮。』

「『什麼?那是黃金嗎？』奈莉有點驚訝地說。

「『好氣派哦。』

「『對呀，好氣派哦。』

「他們完全不摘那些黃色番茄，連碰都捨不得碰。

「後來就發生了真的很可憐的事。」

「到底是發生了什麼事？」

「就是他們真的過著快樂的生活，如果只是這樣就好了。但一天傍晚，他們在幫蕨類澆水的時候，一陣不可言喻的奇聲異響隨風自原野遠方傳來。那聲音美妙極了，儘管支離破碎，卻飄散著鈴蘭、天芥菜的香氣。他們停下澆水的手，默默地看著對方。接著貝姆貝爾說：

「『我們去看看吧，那聲音好好聽哦。』

「奈莉原本就想去得不得了。

「『走吧，哥哥，我們現在就走吧。』

「『嗯，現在就走。我想不會有什麼危險的事。』

「他們手牽著手走出果園，循著聲音的方向前進。

「那聲音在很遠很遠的地方。即使他們已經翻過白樺木生長的兩座山丘，卻還是感覺很遠；再經過三條楊柳樹生長的小河，卻還是一樣。

「但還是有比較靠近。

「就在他們穿過兩棵榧樹形成的拱門，那聲音就再也不支離破碎了。

「於是他們打起精神，用上衣的袖子擦拭汗水，繼續向前走。

「之後聲音越來越清楚，不僅可以聽見笛子清亮的聲音，還有大喇叭低沉的聲音。此時我已經聽見所有聲音了。

「『奈莉，只差一點點，快點來追我。』

「用布把頭包成一顆蛋的奈莉默默地搖了搖頭，咬著牙繼續向前跑。

「當他們又翻過一座白樺木生長的山丘，眼前忽然出現一條橫向的大路，白色的塵土隨風飛揚。右邊傳來他們正在尋找的聲音，十分清晰；左邊吹起一陣白色的塵土，塵土之間能看見快速奔馳的馬蹄。

「馬蹄離他們越來越近。貝姆貝爾和奈莉十指緊扣，屏氣凝神地看著馬蹄。

「當然我也在一旁看著。

「騎馬的有七個人。

「馬匹靜靜地慢跑，牠們的汗水閃閃發光，鼻孔大聲喘著氣。騎馬的七個人都穿著紅色襯衫、發亮的紅皮長靴，帽子上還插著像是白鷺鷥毛的裝飾品。七個人中，有蓄鬍的大人，也有像貝姆貝爾那樣臉頰紅通通、眼睛黑不溜丟的小孩。飛揚的塵土讓太陽看起來有些泛紅。

「雖然大人們都對貝姆貝爾、奈莉視而不見，但那個可愛的小孩卻對貝姆貝爾送上一個飛吻。

「他們就這樣經過貝姆貝爾和奈莉面前，而他們前往的方向，正是貝姆貝爾和奈莉正在尋找的聲音來源。很快地，他們就翻過下一座山丘，貝姆貝爾和奈莉也就看不見他們了。只是此時，似乎又有人從左邊前來。

「他們眼前出現一個白色立方體，那箱子彷彿是一間小小的房子，旁邊跟著四五個人。湊近一瞧，旁邊那四五個人都是黑人。他們的眼睛炯炯有神，不僅打赤腳，全身上下只穿著日本傳統的丁字褲。雖然他們圍著一個白色的立方體，但那不是箱子。那白色的立方體四邊都掛著白色的布，感覺很像蚊帳，下方有四隻灰色大腳，輕輕地、輕輕地上下搖晃。

「貝姆貝爾和奈莉雖然害怕黑人，卻又覺得好有趣；雖然害怕立方體，卻又覺得好新奇。等一行人經過他們面前，他們互看了一眼說：

「『我們跟過去看看吧。』

「『嗯，走吧。』他們的聲音又乾又啞。之後跟著一行人走了好長一段路。

「黑人們有時會大喊不知所云的話語，還會仰望著天空跳動。立方體的四隻腳輕輕地、輕輕地上下搖晃，不時還會聽見「呼——呼——」的呼吸聲。

「貝姆貝爾和奈莉繼續手牽著手向前走。

「在這期間，太陽越來越紅，最後沉入西邊的山峰。天空是一片黃，草原也慢慢暗了下來。

「他們終於越來越靠近聲音來源，甚至可以聽見對面山丘傳來方才那些馬匹的嘶嘶聲，以及牠們用鼻子發出的呼嚕聲。

「當立方體的四隻腳上下搖晃一百次，眼前的景色讓貝姆貝爾和奈莉好驚訝，忍不住揉了揉自己的眼睛。遠方是座很大的城鎮，燈火通明；而眼前是一片平坦的草原，上頭有座天棚，天棚的支架是削去樹皮的粗木頭。儘管天還沒有完全暗下來，現場卻點燃了許多出現藍色電石氣與長長油煙的油燈；二樓則是掛著各式各樣華麗的招牌。招牌後方就是那美妙聲音的來源。招牌中有一面畫的是那個送上飛吻的小孩，他兩隻手各撐著一匹馬，在馬上倒立。剛才那七匹馬被綁在前面，而且多了十五六匹。馬匹們排成一排，吃著燕麥。

「無論男女老幼，都在草原上仰望招牌。

「招牌後方傳來貝姆貝爾和奈莉一直在尋找的聲音。

「但靠得太近，聲音就變得不那麼美妙了。

「那只是一支普通的樂隊。

「只是那聲音通過原野時，儘管會變得模糊，卻帶著濃濃的花香。

「白色的立方體也慢慢地走進去。

「裡頭傳來細細的哭泣聲。

「人越來越多了。

「樂隊的聲音既洪亮又熱鬧。

「裡頭彷彿有股強大的吸力，只見三五成群的人們不斷地走進去。

「貝姆貝爾和奈莉屏氣凝神地看著人們。

「『我們也進去看看吧』，貝姆貝爾的心臟跳得好快。

「『進去看看吧』，奈莉說。

「但他們都覺得不安，因為人們經過入口時，似乎要給守衛一些東西。

「貝姆貝爾稍微走近一些，直盯著那東西瞧。真的是眼睛眨也不眨地盯著。

「——那些都是碎白銀或碎金子。

「如果一個人給守衛碎黃金，守衛就會還他一點碎白銀。

「接著他就會走進去。

「貝姆貝爾翻了翻口袋，看看有沒有黃金。

「『奈莉，你在這邊等我，我回家一趟，馬上來找你。』

「『我也要回去。』雖然奈莉這樣說，但貝姆貝爾已經出發了。奈莉很擔心，都要哭出來了，她又抬頭看了看招牌。

「我也很擔心，但我不曉得應該要陪著奈莉，還是跟貝姆貝爾一起回去。我在上空盤旋了一陣子，發現人們都只注意招牌，沒有壞人企圖帶走奈莉。

「於是我安心地飛去追貝姆貝爾。

「貝姆貝爾跑得好快。那天是陰曆四日，新月靜靜地高掛在西方天邊。在微微的白光中，貝姆貝爾不斷地向前跑。為了追上他，我飛得好辛苦。不僅頭昏眼花，風不斷從我耳邊呼嘯而過。不管是白樺木還是楊柳樹，看起來都是一片漆黑，草原也是。貝姆貝爾不斷地向前跑。

「最後他終於回到他們的果園。

「他們的玻璃屋反射月光，看起來閃閃發亮的。貝姆貝爾稍微停下腳步，看了一下他們的玻璃屋，之後連忙跑到一片漆黑的番茄樹旁，從那株長滿黃色果實的番茄樹上摘了四顆黃色番茄。接著又像風一樣、像暴風一樣燃燒著汗水與心跳，一路飛奔回草原。我真的好累。

「當時我看見奈莉不停往我的方向看。

「貝姆貝爾對奈莉說：

「『來，沒問題了，我們進去吧。』

「奈莉高興地跳起來。他們手牽手走向入口，貝姆貝爾默默地把兩個黃色番茄交給守衛。守衛收下番茄後先說了句：『歡迎光臨』，但他的表情很快就變了。

「有這麼一會兒，守衛凝視著手裡的番茄。

「接著他突然扭曲著臉大罵：

「『這是什麼？你們這兩個小鬼竟然敢小看我？以為我是笨蛋啊！裡頭滿滿的都是人，你們以為拿幾個番茄，我就會讓你們進去嗎？快點給我滾，畜生！』

「接著狠狠地把黃色番茄甩出去，一顆還打中奈莉的耳朵，奈莉「哇——」地一聲哭了出來。旁邊的人卻開始大笑。貝姆貝爾迅速抱住奈莉，趕緊逃離現場。

「大家的笑聲一陣接一陣，就像波浪一樣。

「當他們逃到黑漆漆的山谷，貝姆貝爾才放聲大哭。你一定不知道遇到這種事有多傷心。

「之後，膽戰心驚的他們一句話也沒說，只是默默地沿著白天的路往回走。

「當他們翻過白樺木生長的山丘時，貝姆貝爾緊緊地握住拳頭，奈莉則是不斷地吞著口水。最後他們終於回到家裡。啊……好可憐啊，真的是好可憐啊。這樣你懂了嗎？我再也說不下去了……可別再找大叔來了，再見。」

蜂鳥一說完就閉上牠尖細的嘴巴，靜靜地看著遠方的大山雀。

我覺得好傷心。

「再見了蜂鳥，我會再來的。如果到時候你有什麼話想說，就告訴我吧。再見了蜂鳥，謝謝你，謝謝。」

我一邊說一邊拿起書包，靜靜地走出彷彿啤酒瓶的房間。房間外明亮的光線還有那對兄妹的遭遇，不禁讓我覺得眼睛刺刺、痛痛的，忍不住掉下眼淚。

那件事發生在我還很小的時候。

賢治小專欄❷

父子糾葛；父親的銀錶

宮澤一族是花卷當地知名的望族。賢治的父親經營舊衣鋪與當鋪。當時東北地區的居民大多是貧苦的農民。相較之下，賢治自小成長的環境堪稱富裕。

身為宮澤家的長男，父母親理所當然對賢治寄與極大的厚望。父親政次郎希望長子能夠繼承家業，賢治卻對自家剝削窮人的家業感到自卑。也許是青春期少年常見的反抗，加上天生敏感的性格，愈發加深他對父親（或自家富裕的背景）的不滿，從賢治中學時期寫的這首短歌，可以看出他對父親的不滿。

父親啊父親，您為何故意要在舍監面前轉動那塊銀錶的發條呢？

前來宿舍看訪自己的父親故意（或許是不經意）的舉動，在兒子賢治眼中簡直是財大氣粗的表現，相當羞恥。中學畢業後，因為宮澤家長輩原本想讓賢治繼承家業，所以不讓他繼續升學。但是看到終日鬱鬱寡歡度日的兒子，政次郎還是讓他繼續升學。

之後父子雖然也曾因為是否更改宗教信仰一事爭執，賢治還憤而離家前往東京。不過終其一生，他始終沒有與父親決裂，也沒有脫離父親的庇護。如果將弟弟清六比喻為賢治死後，讓他的文學被世人看見的重要推手，父親政次郎可以說是在賢治生前支持他從事文學創作最重要的金主。

風之又三郎

風呼呼吹著，又三郎不笑也不開口說話，只是用力緊閉雙唇，默默地看著天空。突然間，又三郎輕飄飄地飛到空中，他身上的玻璃斗篷閃閃發光……

風之又三郎

九月一日

呼　呼呼　呼呼——呼　呼呼——呼　呼呼——
吹走綠油油的橡果
吹走酸溜溜的木瓜海棠
呼　呼呼　呼呼——呼　呼呼——呼　呼呼——

河邊有間小小的學校。

這間學校雖然只有一間教室，卻有一到六年級的學生。此外，儘管操場只有網球場大小，卻緊鄰一座栗子樹生長的美麗山丘，而且角落有個不斷湧出泉水的岩洞。

事情發生在涼爽的九月一日。那天早上，風呼呼地吹過藍天，陽光灑滿整片操場。兩個一年級小朋友穿著黑色雪裝繞過堤防走進操場，當他們發現其他人還沒有到，便搶著大喊：

「哇——我第一名！我第一名！」兩人興奮地衝向校舍，沒想到才從窗戶外望了教室一眼，便呆立在原地面面相覷。兩人不但嚇得全身發抖，其中一個小朋友還忍不住哭了出來。為什麼呢？因為寂靜的教室裡，有個他們從未見過的紅髮男生，獨自端坐在最前面的座位——正好是哭出來的那個小朋友的座位。另一個小朋友雖然也很想哭，卻還是努力忍住瞪著那個紅髮男生。正巧在那個時候，河上傳來高亢的吶喊聲：

「阿長賣葡萄！阿長賣葡萄！」揹著書包的嘉助看起來就像一隻大烏鴉，他笑著穿越操場後，佐太郎、耕助也嘻嘻哈哈地走向教室。

「為什麼要哭？有人欺負你們嗎？」嘉助抓著那個忍住眼淚的小朋友問道。小朋友一聽立刻「哇」地一聲哭了出來。其他人滿腹疑惑地東張西望，才發現有個奇怪的男生端坐在教室裡。大家對於眼前的景象沉默不語，即使其他學生陸續抵達，也沒有半個人開口說話。

座位上的紅髮男生默默地盯著黑板，看起來一點都不害怕。

六年級的一郎出現在校園裡——他大步走向校舍，看起來就跟大人一樣。一郎看著大家問：「你們在做什麼？」大家這才嘰嘰喳喳地指著那個奇怪的男生。一郎稍微注視了男生一會兒，之後便揹著書包，迅速地走到窗戶旁。

其他人也完全恢復精神，跟著一郎走上前去。

「還沒有上課，你怎麼可以先進教室？」一郎攀著窗戶，把頭伸進教室裡問。

「天氣這麼好還先進教室，會被老師罵哦。」耕助在一旁附和。

「萬一被罵，可別怪我們哦。」嘉助也說。

「快出來，快點出來呀。」一郎再次對紅髮男生說。然而，男生只是侷促不安地稍微環顧一下室內與眾人，之後還是端坐如山並將手放在大腿上。

不過他的裝扮確實讓人匪夷所思——灰色寬鬆上衣、白色短褲，搭配紅皮短靴。此外，他的臉看起來就像一顆熟透的紅蘋果，眼睛又圓又黑。一郎對他似乎聽不懂自己在說什麼而大傷腦筋。

「他一定是外國人。」

「是轉學生嗎？」大家七嘴八舌地討論著。此時四年級的嘉助突然大喊：

「希望他是三年級，這樣我們就有三年級了[10]！」其他小朋友聽了頓時覺得

「哦……原來如此。」一郎卻歪著頭表示懷疑。

奇怪的男孩仍然只是侷促不安地看著其他學生，並沒有打算離開座位。

此時風呼呼吹來，不僅教室的玻璃門咯咯作響，後山的芒草、栗子樹也異常

10（原文註）故事原本設定學校裡沒有三年級學生。

蒼白地隨風搖曳。教室裡的男生這才露出笑容，稍微動了一下。

嘉助見狀立刻大喊：

「啊，我知道了，他一定是風神的兒子，風之又三郎！」

正當大家心想「一定是這樣沒錯」，站在後頭的五郎突然叫了一聲：

「好痛！」大家轉過頭，發現五郎因為被耕助踩到腳趾，氣得出手打人。

「喂！再怎麼樣也不用打人吧！」耕助也不甘勢弱地還手。眼看滿臉淚水的五郎就要和耕助扭打成一團，一郎連忙居中勸阻，嘉助也幫忙拉住耕助。

「喂！你們如果打架，老師會叫你們去辦公室哦。」一郎說話時瞄了教室一眼，隨即呆若木雞。因為那個奇怪的男生明明剛才還在教室裡，現在卻不見人影。大夥的心情就像失去好不容易才培養出感情的小馬，或是好不容易才抓到的山雀。

又一陣風呼呼吹來，窗戶的玻璃咯咯作響，後山芒草亦向上掀起一道道波浪。

「都是因為你們吵架，又三郎才會不見。」嘉助生氣地說，其他人也這麼覺得。五郎覺得非常抱歉，腳趾的疼痛變得一點也不重要。然而他也只能垂頭喪氣地站在原地。

「他一定是又三郎！」

「對，而且今天是二百一十日[11]。」

「可是他有穿鞋子。」

11 「二百一十日」為日本節氣之一，是指自立春開始計算的第二百一十日天，也就是夏秋之際，天氣較不穩定且經常形成颱風的時期。

「還有穿衣服。」

「不過他頭髮紅紅的，好奇怪。」

「噯，又三郎在我桌上放了碎石頭。」二年級的小朋友說。的確，小朋友的桌上有髒髒的碎石頭。

「真的。哎呀，他還打破那邊的玻璃。」

「不是，那是嘉助暑假前用石頭打破的。」

「喂！才不是我呢！」

正當大家七嘴八舌的時候，老師走到校舍入口前。老師右手拿著閃閃發光的哨子，準備要大家集合。沒想到，剛才那個紅髮男生卻戴著白色帽子，像跟班一樣快步走在老師身後。

其他人瞬間安靜下來。最後是一郎先開口說：「老師早安。」大家才跟著說：「老師早安。」但也只說了這句話。

「同學們早安，大家都很有精神。好，現在來整隊。」老師一吹哨子，山谷另一頭立刻傳來「嗶嗶嗶」的回音。

大家——一個六年級學生、七個五年級學生、六個四年級學生、十二個一、二年級的學生——回想起暑假前隊伍的排列順序，依序排成一列。

一、二年級裡的八個二年級學生、四個一年級學生排在最前面。那個奇怪的男生不知道是覺得奇怪還是有趣，只見他用臼齒輕咬舌頭，站在老師後方緊盯著大家看。老師說：「高田同學，你排這裡。」帶他走到四年級學生的隊伍旁。依照身高，他剛好排在嘉助後面。前面的人全部轉過頭來看。老師再次走到校舍入口前喊口令：

「向前看齊。」

大家再次整隊。然而大家都很想知道那個奇怪男生的動靜，於是不時轉過頭去，或是斜眼瞪著他看。那個男生一副了然於心的模樣，遵照口令舉起雙手。由於他的指尖正好碰到嘉助的背，嘉助不禁覺得背癢癢的，好像有人在搔他癢，渾身都不太對勁。

「向前看。」老師再度喊口令。

「從一年級開始前進。」

於是一年級學生開始往前走，接著是二年級學生、三年級學生……大家走進右手邊是鞋櫃的入口。輪到四年級學生的時候，那個男生跟在嘉助後面，大步大步地前進。不僅前面的人會轉過頭來看，後面的人也一直盯著他。

不久後，大家都走進校舍並將鞋放進鞋櫃，接著依序坐成一排，那個男生也在嘉助後面坐下。整間教室頓時鬧哄哄的。

「哇——我的桌子上有碎石頭！」

「哇，我的桌子被換過了！」

「吉郎、吉郎，你有帶聯絡簿來嗎？我忘記帶了。」

「喂！借我鉛筆，借我鉛筆啦。」

「噯，誰拿了我的筆記本。」

此時老師走進教室，儘管大家還沒有靜下來，卻還是全部起立。坐在最後面的一郎喊道：「敬禮。」

大家敬禮時稍微安靜了一下，之後又嘰嘰喳喳嘰嘰喳喳地說話。

「安靜，大家安靜。」老師說。

「噓——悅治，你不要再講話了，嘉助也是。喂！」一郎在最後面管秩序，並指責最吵的孩子。

大家這才安靜下來。老師說：

「大家放了這麼長的暑假，一定很開心吧。是不是一早就去游泳、在樹林裡叫得比老鷹還大聲，還是跟哥哥一起到原野上割草當作飼料啊？不過暑假已經結束了。從今天開始就是第二學期，而且是秋天。自古以來，秋天是身心最適合認真唸書的季節，大家一定要跟其他人一起好好努力哦。另外，從現在開始，大家又多了一個朋友——就是那邊的高田同學。高田同學原本住在北海道，因為爸爸工作的關係，所以搬到靠近上方原野的地方。大家以後就是朋友了，不管是在學校唸書，還是去撿栗子、抓魚，都要記得找高田同學一起去哦。知道了嗎？知道的人請把手舉起來。」

學生們隨即把手舉起來，高田同學也很有精神地舉手。老師笑了一下說：

「看來大家都知道了，很好。」接著大家就像火苗熄滅一般，同時把手放下。不過嘉助又立刻舉手發問：

「老師……」

「嗯？」老師手指著嘉助說。

「高田同學叫什麼名字？」

「高田三郎。」

「哇──那他真的是又三郎！太好了！」嘉助在課桌椅間手舞足蹈。年紀較大的小朋友全都笑了；但三年級以下的小朋友卻用害怕的眼神看著三郎。

老師說：

「大家今天都有帶聯絡簿和暑假作業吧，把它們放在桌上，我現在過去收。」

學生們紛紛打開書包或布包，將聯絡簿和作業簿放在桌上。

老師從一年級學生開始收起。就在這個時候，大家都嚇了一跳。因為教室後方突然出現一個大人。那個人穿著寬鬆的白色麻布衣，將帶有黑色光澤的手帕圈在脖子上代替領帶。他用白色扇子輕輕對著自己的臉搧風，並帶著笑意俯視大家。學生們變得異常安靜，近乎全身僵硬。但老師卻對那個人視而不見，只是依序收著聯絡簿與作業簿。既沒有聯絡簿也沒有作業簿的三郎，把雙手放在桌上並緊緊握住拳頭。老師走過三郎的座位，收齊其他聯絡簿與作業簿後，稍微整理了一下，接著回到講台上說：

「下星期六我會把大家的作業簿還給你們，今天沒有帶來的人，悅治同學、勇治同學，記得明天一定要帶來哦。今天就先下課，明天開始正式上課，請大家先做好準備。五、六年級留下來跟老師一起打掃教室，其他人可以回家了。」

當一郎喊：「起立。」大家就同時站起來，後面那個大人也把扇子放下。

聽到「敬禮」，老師、學生便同時行禮，後面那個大人也輕輕點頭致意。低年紀的小朋友飛也似地衝出教室，四年級的小朋友卻顯得有些扭捏。

接著，三郎走向那個大人，老師也走下講台朝他走去。

「謝謝老師，辛苦了。」大人彬彬有禮地對老師說。

「您不用擔心，高田同學很快就可以跟大家打成一片了。」老師也回禮說。

「請您多多照顧，那我們先告辭了。」大人再次行禮，並且用眼神向三郎示意，自己先走到校舍外頭等。三郎在眾人注視下，雙眼炯炯有神地走出校舍入口，和那個大人一同穿越操場，往河流的下游走去。

三郎走出操場前還回過頭，瞥了學校與其他學生一眼，才又跟著身穿寬鬆白衣的大人離開。

「老師，那個人是高田同學的爸爸嗎？」一郎拿著掃把問。

「嗯。」

「他為什麼會來呢？」

「因為靠近上方原野的地方有鉬礦，所以他爸爸前來開採。」

「在哪邊？」

「我還不清楚，但似乎在大家會帶馬去玩的路上，靠近下游一點的地方。」

「他們要用鉬做什麼呢？」

「聽說是把鉬跟鐵混合在一起做成藥。」

「所以又三郎也要一起挖嗎？」嘉助問。

「他不是又三郎，是高田三郎。」佐太郎說。

「他是又三郎！是又三郎！」嘉助面紅耳赤地說。

「嘉助，你留下來一起打掃。」一郎說。

「為什麼？老師說五、六年級才要留下來打掃。」

嘉助連忙衝出校舍，溜之大吉。

風再次吹來，窗戶的玻璃再次咯咯作響，就連洗抹布的水桶都能看見微微的波紋。

九月二日

隔天，由於迫不及待想知道那個奇怪男生會不會真的到學校讀書，一郎比平常都要早到嘉助家，想快點到學校去。沒想到嘉助比一郎還迫不及待，一早吃完早餐，就拿著布包在家門口等一郎過來。兩人在路上討論了許多有關那個男生的事情。到學校後，看見七八個年紀比較小的小朋友在操場上玩「藏棒子」[12]的遊戲，但那個男生還沒有來。他們想那個男生會不會像昨天一樣坐在教室裡，於是從窗戶外望了教室一眼。寂靜的教室裡空無一人，黑板上有昨天打掃時用抹布擦拭留下的淡淡痕跡。

「他還沒有來呢。」一郎說。

「嗯。」嘉助環顧四周後回應。

一郎決定守株待兔，於是勉強爬上單槓，利用雙手向右邊移動。他坐在單槓上，直盯著三郎昨天離開的方向。波光粼粼的河水川流不息，下游的山坡上也吹著風，白色的芒草隨風搖曳。嘉助也站在單槓下方等。才等了一會兒，三郎就突然從下游的方向跑過來，右手還夾著灰色的書包。

「來了。」一郎忍不住對站在下面的嘉助大喊。很快地，三郎就繞過堤防走進學校正門，精神飽滿地向大家打招呼：

「早安。」儘管所有人都轉過頭去看他，卻沒有人回應。他們不是故意不回應，而是大家雖然習慣對老師說：「早安。」卻沒有互道早安的習慣。加上三郎打招呼時的氣勢對一郎、嘉助來說不僅唐突，甚至有點嚇人，所以無法好好說出「早安」兩個字，感覺像是在喃喃自語。三郎不以為意地繼續向前走，走兩三步後便停下腳步，用他那黑不溜丟的眼睛環視整片操場，像是在確認有沒有人可以跟他一起

12 「藏棒子」的進行方式如下：一人先將棒子藏在一定的範圍裡，讓其他人去找。最先找到的人就是在下一回合藏棒子的人。

玩。然而大夥就算不時往三郎的方向瞄，卻還是自顧自地玩著「藏棒子」，沒人走到三郎身邊。站在原地的三郎看起來有些沮喪，再次環視操場。接著跨大步從學校正門走到校舍入口，一邊走還一邊數，彷彿在測量實際距離。一郎連忙跳下單槓，和嘉助肩並肩站著，屏氣凝神地看著三郎。

三郎在校舍入口前轉過身，歪著頭，就像是在心裡計算距離。

大家還是會不時朝三郎的方向瞄。三郎將雙手放在背後，似乎有點傷腦筋地經過辦公室，往另一邊堤防的方向走去。

此時風呼呼地吹，吹過堤防上的草，在操場正中央捲起沙塵，並在校舍入口前形成一個小小的塵捲風。黃色的沙塵看起來像一個倒過來的瓶子，比校舍屋頂還要高。嘉助突然高聲說：

「你們看，他一定是又三郎！他走到哪裡，風就吹到哪裡！」

「嗯……」一郎百思不得其解，默默地看著三郎。三郎仍不以為意地大步走向堤防。

此時，老師一如往常拿著哨子走到校舍入口前。

「老師早安。」小朋友全部集合好了。

「早安。」老師稍微環視操場後一邊吹哨子一邊說：「來整隊吧。」

大家像昨天一樣排好隊，三郎也確實站在昨天的位置上。由於老師面對太陽，因此眼睛有點睜不開。在老師一個接一個的口令下，大家依序走進校舍。敬禮後老師說：

「那我們今天開始正式上課，大家都做好準備了嗎？那一、二年級把習字範本、硯台還有紙拿出來；三、四年級把數學課本、筆記本還有鉛筆拿出來；五、六年級把國語課本拿出來。」

老師一說完，教室裡就鬧哄哄的。其中，三郎旁邊那個四年級學生佐太郎突然伸手偷拿三年級學生佳代的鉛筆。佳代是佐太郎的妹妹。佳代企圖拿回鉛筆：

「哇——哥哥拿我的鉛筆。」佐太郎說：

「那是我的鉛筆。」說完就把鉛筆放進懷裡。接著學中國人行禮時的姿勢，將雙手交錯放進袖子裡，彎腰使胸膛緊貼桌面。佳代站起來說：

「你明明昨天把鉛筆弄丟了！把鉛筆還我！」雖然她很想把鉛筆要回來，但佐太郎就像黏在桌上的螃蟹化石，一動也不動。最後佳代只能站在原地，張開嘴巴哇哇大哭。三郎把國語課本放在桌子上，兩人的爭執讓他有些困擾。當他看見佳代不停地掉眼淚，便默默地把右手裡只剩一半的鉛筆放在佐太郎眼前。佐太郎開心地起身問三郎：「這要給我嗎？」三郎有些不知該如何是好，但他彷彿早已做好心理準備地說：「嗯。」佐太郎聽了立刻露出笑容，把懷裡的鉛筆放進佳代的小手裡。

由於老師在一年級小朋友那邊幫忙把水加進硯台裡、嘉助坐在三郎前面，所以他們都不知道發生了這件事。然而，坐在最後面的一郎卻看得一清二楚。

一股難以言喻的感覺湧起，他忍不住咬了咬牙齒。

「三年級來複習暑假前學的減法，算一下這個題目。」老師在黑板上出了一個題目「25-12=」。三年級小朋友——包括佳代——認真地把題目抄在筆記本上並埋頭計算。

「四年級算一下這個題目。」老師又在黑板上出了一個題目「17x4=」。四年級的佐太郎、喜藏、甲助等人連忙把題目抄在筆記本上。

「五年級翻到國語課本第（原文缺一個字）頁的第（原文一個字不清楚）課，試著不要發出聲音誦讀看看，記得把看不懂的字抄在筆記本上。」

五年級學生依照指示開始誦讀。

「一郎請看課本第（原文缺一個字）頁，把看不懂的字抄在筆記本上。」

接著老師走下講台，一個一個檢查一、二年級學生寫的字。三郎雙手拿著課本，依照指示不停地誦讀，卻沒有把任何字抄在筆記本上——不知道是因為他每個字都看得懂，還是因為他把唯一的鉛筆給了佐太郎。

在此同時，老師回到講台上為三、四年級學生出新的題目。接著又在黑板上寫下五年級學生抄在筆記本上的字，並標上讀音說：

「來，嘉助同學朗讀這段。」

嘉助朗讀時停頓了兩三次，老師提示了他讀音。

三郎靜靜地聽著，老師也拿起課本默默地聽。當嘉助朗讀了十行，老師便說：

「好，到這裡暫停。」接著由老師朗讀一次給大家聽。

一到六年級分別練習了之後，老師就讓大家慢慢收拾，並在講台上說：

「這節課就上到這裡。」一郎聽了便在後頭喊：

「起立。」敬禮後，大家依序走出教室，一群一群地玩著遊戲。

第二節課是合唱，一年級到六年級都要參加。老師用曼陀鈴幫大家伴奏，大家唱了五首之前唱過的歌。

三郎每首歌都會唱，而且唱得很好。時間飛也似地流逝。

第三節課換三、四年級練習國語、五、六年級練習數學。老師在黑板上出題，讓五、六年級學生計算。一郎計算完之後，往三郎的方向稍微看了一眼——三郎用不知道從何得來的短炭筆，用很大的字在筆記本上認真計算。

九月四日，星期日

隔天早上晴空萬里，河流裡水聲潺潺。一郎在途中邀嘉助、佐太郎、悅治一起往三郎家的方向前進。他們穿過學校附近的河流下游，每個人都在岸邊折了一枝楊柳。只要剝掉綠色的皮，楊柳看起來就像鞭子。他們一邊揮舞手中的楊柳，一邊往上方原野前進。才走了一會兒，大家就氣喘吁吁的。

「又三郎真的會在湧泉那裡等我們嗎？」

「當然啊，又三郎不會說謊。」

「啊……好熱，真希望有風啊……」

「風吹過來了哦。」

「一定是又三郎吹的。」

「太陽好像沒有那麼大了呢。」

空中出現些許白雲。此時他們已經爬到很高的地方，他們的家都位於山谷裡，現在看起來好遠好遠，一郎家小木屋的屋頂還反射著白色的光芒。

在樹林裡前進一段時間後，路開始變得濕濕的，而且暗暗的，看不清楚四周的環境。再走一會兒，他們就來到約定的湧泉旁。

「哦咿——大家早——」遠處傳來三郎高亢的呼喊聲。

他們連忙跑過去。三郎一直在對面轉角，看著他們一路爬上山。他們走到三郎面前時，氣喘吁吁的，一句話都說不出來。嘉助還因為實在喘不過氣，對著天空大喊「呼、呼——」想加快呼吸。三郎見狀放聲大笑：

「我等了好久，而且今天有可能會下雨哦。」

「那我們快點出發吧。不過在那之前，我要先喝水。」他們汗流浹背，不斷掬起自純白岩石旁湧出的冷水，喝了又喝。

「這裡離我家很近。我家就在那片山谷上面一點的地方，我們回來的時候會經過。」

「嗯，我們先去原野上玩吧。」

就在他們打算繼續前進時，湧泉發出咕嚕聲，像是在對他們說話；樹林裡也響起沙沙聲。

一行人陸續穿越樹林裡的草叢與岩堆，終於來到上方原野附近。

大家停下腳步，自他們來的方向眺望西邊的景色——光亮處與陰暗處層層疊疊，山丘另一邊則是一整片沿著河畔的蒼茫原野。

「噯，有一條河呢。」

「好像春日明神的腰帶哦。」三郎說。

「像什麼？」一郎問。

「春日明神的腰帶。」

「你有看過神明的腰帶嗎？」

「我在北海道看過。」

大家不知道該如何回應，只能沉默。

最後他們終於抵達上方原野，眼前的草叢因人們割過而顯得低矮。草叢中央有棵大大的栗子樹。栗子樹的樹幹、樹根被燒得焦黑，彷彿出現許多大洞；樹枝上掛著破舊的繩子、草鞋。

「再走過去一點，就可以看見大家在割草的樣子，而且那邊有馬。」一郎帶頭迅速走過低矮的草叢。

三郎走在一郎後面說：

「這邊沒有熊，所以不需要用繩子綁住馬。」

前進一段時間後，路邊一棵大楢樹下有個用繩子編織而成的袋子，四處都是一捆一捆的草。

背著（原文缺兩個字）的兩匹馬看見一郎，用鼻子發出呼嚕聲。

「哥哥，在嗎？哥哥，我們來了！」一郎擦拭汗水說。

「哦——等我一下，我現在過去。」

哥哥的聲音自遙遠的山窪傳來。

太陽高掛在空中，哥哥笑著走出草叢。

「很累吧。還把大家都帶來了，辛苦你們啦。回去的時候幫我把馬帶回去。中午應該就會變陰天，在那之前我得再割一些草。你們到堤防裡玩吧，那邊有二十匹牧場的馬。」

哥哥往另一邊走去，途中又回過頭來說：

「千萬別走出堤防啊，迷路就危險了。中午我會再過來找你們。」

「嗯，我們會乖乖待在堤防裡的。」

一郎哥哥走了。薄薄的雲布滿整片天空，太陽看起來像是一面白色的鏡子，移動的方向正好和雲相反。風吹來，還沒有割過的草形成一道道波浪。一郎率先走向小路，一下子就走到了堤防邊。堤防中斷處以兩根橫向的粗木頭當做柵欄。

當悅治彎身打算鑽過去時，嘉助說：

「我來把它拆掉。」接著把一邊螺絲拆下來，讓大家跳進堤防裡。另一邊比較高的地方有七匹閃耀著咖啡色光澤的馬，正悠哉地搖著尾巴。

「那些馬明年要參加賽馬，每匹都要一千圓以上呢。」一郎走過去說。

馬兒好像很寂寞似地，一看見一郎，就湊近他的身邊。

接著伸長脖子，彷彿在跟一郎要些什麼。

「哦……牠們需要鹽分。」大家說完便伸出手讓馬舔，只有三郎把手放進口袋裡。他看起來不太習慣跟馬相處，似乎覺得有些噁心。

「哈，又三郎怕馬！」悅治大喊。

三郎立刻反駁：

「我才不怕哩！」接著把手放在馬的面前。然而當馬伸長脖子與舌頭，他又立刻變臉，連忙將手放進口袋裡。

「哈，又三郎怕馬！」悅治再次大喊。三郎面紅耳赤，非常難為情的樣子。

但他提議：

「那我們來賽馬！」

大家心想——要怎麼賽馬？

三郎說：

「我看過好幾次賽馬。不過這些馬沒有鞍，所以不能騎。那我們就一人趕一隻馬，誰先把馬趕到那棵大樹下，就算誰贏。」

「感覺很有趣耶！」嘉助說。

「萬一被牧馬的人發現，我們一定會被罵。」

「沒關係啦，而且賽馬的馬本來就要練習啊。」三郎說。

「那我就這匹馬。」

「我要這匹馬。」

「那我就這匹吧。」

大家一邊喊「咻──」一邊用楊柳、芒草花穗輕輕地打著馬，但馬卻一動也不動，有些馬低頭吃著草、有些馬則伸長脖子眺望遠方的景色。

當一郎站在原地拍擊雙手，並喊了一聲「噠！」，七匹馬同時起跑。

「好棒！」嘉助興奮地衝上前去。但這樣一點也不像賽馬──首先，七匹馬向前跑的時候總是排成一排。再者，牠們跑的速度也沒有賽馬那麼快。但大家還是覺得很有趣，一邊喊「噠！」，一邊努力在後頭追趕。

馬跑一會兒似乎要停下腳步，儘管大家有點喘，但還是沒有停下腳步繼續追趕。不知不覺間，馬就穿越方才那個比較高的地方，往堤防中斷處跑去。

「啊，馬要跑出去了！馬要跑出去了！快擋住牠們，快點！」

一郎臉色發青地大叫。只見馬直直地向堤防衝去，一下子就衝到柵欄處。一郎拚命地追，嘴裡慌張大喊：「逗，逗，逗──」當他好不容易跑在柵欄邊張開雙手，已經有兩匹馬跳出柵欄了。

「快擋住牠們，快點！」一郎使出吃奶力氣大叫，努力要將柵欄恢復原狀。另外三人連忙鑽過柵欄，發現跳出去的那兩匹馬並沒有繼續向前跑，而是在堤防外吃著草。

「慢慢拉住牠們，要慢慢的。」一郎拉住其中一匹馬的名牌。但當嘉助、三郎試圖拉住另一匹馬時，那匹馬嚇了一跳，沿著堤防飛也似地往南邊跑。

「哥哥，馬逃走了、馬逃走了！哥哥，馬逃走了！」一郎使勁大喊，三郎、嘉助死命地追著那匹馬。

那匹馬似乎抱著這次一定要逃跑的決心，遠遠地飛躍過草叢。

嘉助的腳麻痺無力，開始分不清方向。

他頭昏眼花，不支倒地。在他倒進高高的草叢前，眼角瞥見那匹馬的紅色鬃毛與三郎的白色帽子。

嘉助仰望天空，不僅感覺白茫茫的天空不停旋轉，薄薄的烏雲如一道道灰影飛過他的眼前，頭還非常的痛。

等他好不容易才站起來，氣喘吁吁地往那匹馬的方向走。草叢裡彷彿出現一條路，似乎是那匹馬和三郎跑過留下的痕跡。嘉助笑了，他心想——

（哈，就算又三郎追上馬，一定也會嚇得不敢動。）

嘉助努力地追趕。

但他前進不到一百步，那道痕跡就在毛敗醬、芒草和長長的薊草之間分成二路，甚至是三路，害他不知道該往哪個方向追。最後只好大叫：「喂——」

「喂——」聽起來似乎像是三郎在某處回應他。

嘉助毅然決然地向正中央前進，但腳下的痕跡一會兒中斷，一會兒橫向穿越馬不可能走過的地方。

天空暗了下來，布滿厚重的雲層。嘉助開始分不清東南西北。草叢裡刮起一陣冷風，將一片片雲霧快速吹過他的眼前。嘉助心想——

（啊……糟糕，接下來一定會發生很可怕的事。）

事實上一如他擔心的，很快地，他再也看不見馬走過的痕跡了。

（啊……糟糕、糟糕。）嘉助的心臟撲通撲通地跳。

草叢四處傳來啪啪、沙沙的聲響。霧氣越來越濃，嘉助的衣服全都濕了。

嘉助扯開嗓門大叫：

「一郎、一郎！我在這裡！」

卻聽不見半點回音。空氣中瀰漫又暗又涼的霧氣，好比自黑板飄落的粉筆灰。四周忽然一片寂靜，更顯陰冷，嘉助甚至可以聽見水滴自草上滴落的聲音。

嘉助轉身就跑，急著想返回一郎和其他人那裡。然而似乎搞錯了方向，跑到一個長滿薊草的地方，而且還有許多方才沒見過的石塊。最後，一座從未聽過的遼闊山谷，驀地出現在他的眼前。芒草在風中發出沙沙聲。過了一會兒，芒草就連同那片陌生山谷，隱沒在霧氣之中。

每當風吹來，芒草花穗看起來就像是在揮手致意：

「啊，西先生。啊，東先生。啊，西先生。啊，南先生。啊，西先生。」

由於嘉助不太敢看，便閉上眼、撇過頭去。就在那個時候，他忽然回過神來——眼前的草叢不僅有條昏暗的小路，還有許多馬蹄的痕跡。嘉助大步走向那條小路。

那條小路忽寬忽窄，而且像是在轉圈，讓人不太安心。當嘉助走到那棵燒得焦黑的栗子樹前，小路又分成好幾條。

那裡應該是野馬聚集的地方，在霧裡看起來就像一個圓形的廣場。

沮喪的嘉助自昏暗的小路折返。陌生的草穗靜靜搖擺。當稍微強一點的風吹來，整片草叢就像接獲指令般同時彎下腰。

天空出現啪滋啪滋的亮光。

接著眼前那片霧裡出現黑色的物體，形狀像是一棟房子——嘉助不禁懷疑起自己的眼睛。他停下腳步確認，那看起來的確很像房子。膽戰心驚的他湊近一瞧，才發現那是一塊巨大而冰冷的黑色岩石。

天空不停地旋轉，草叢「啪啦」一聲同時甩落水滴。

（如果走錯路，走到原野的另一邊，那又三郎跟我就死定了。）嘉助一邊想一邊嘟囔，接著再次大喊：

「一郎！一郎聽得見嗎？一郎！」

四下突然變亮，草叢彷彿散發著喜悅的氣息。

嘉助清楚地聽見有人說：「聽說伊佐戸町那個電工的小孩，手腳都被山男綁起來了呢」。

沒想到腳下的窄路陡然消失，周圍陷入一片寂靜。突然，一陣力道強勁的風吹了過來。

天空好似一面飛揚的旗子，看起來光彩奪目、火花迸濺。嘉助倒臥在草叢裡，就這樣睡著了。

彷彿過了好久好久……

又三郎在嘉助面前伸長雙腿，仰望著天空。身上除了平時那件灰色上衣，外頭還披了玻璃斗篷。不僅如此，他還穿著一雙玻璃鞋。

栗子樹的影子倒映在三郎的肩膀上，三郎的影子則倒映在草叢裡。風呼呼吹著，又三郎不笑也不開口說話，只是用力緊閉雙唇，默默地看著天空。突然間，又三郎輕飄飄地飛到空中，他身上的玻璃斗篷閃閃發光……

嘉助猛然睜開雙眼，灰濛濛的霧氣倏地飛過眼前。方才的那匹馬就站在嘉助面前，牠有些害怕，不敢和嘉助對望，轉而看著其他方向。

嘉助跳起來抓住那匹馬的名牌，嘴脣發白的三郎隨後出現。

嘉助不停顫抖。

「喂——」一郎哥哥的聲音，伴隨轟隆轟隆的雷聲自霧裡傳來。

「喂——嘉助聽得見嗎?嘉助——」那是一郎的聲音。嘉助高興地跳起來。

「喂——我在這裡！一郎——喂——」

一郎哥哥和一郎突然出現在嘉助面前，嘉助「哇——」地一聲哭了出來。

「我們找你找了好久。真是危險。你全身都濕了，還好嗎？」一郎哥哥熟練地抱住馬的脖子，為馬套上馬銜。

「來，我們走吧。」

「又三郎也嚇了一跳吧。」一郎問三郎，但三郎沉默不語，只是點了點頭。

大家跟著一郎哥哥攀上兩道緩坡，緩坡後就是大路。一行人又走了一會兒。天空出現兩次閃電的微光，霧裡有股野草燒焦的味道，還能看見裊裊白煙。

一郎哥哥喊道：

「爺爺，找到了、找到了，大家都在。」

爺爺站在霧裡說：

「啊……我好擔心啊……太好了……嘉助，你一定很冷吧，快進來。」。看樣子嘉助、一郎都是爺爺的孫子。

半焦的大栗子樹下有個用野草做成的小遮雨棚，火堆燃燒著紅通通的火焰。

一郎哥哥把馬綁在楢樹下。

馬嘶嘶地叫著。

「真可憐啊，你們一定哭了很久吧。小朋友，你是採礦師的小孩吧。來，大家一起吃烤麻糬，我再烤一些。你們剛剛走到哪裡去了？」

「笹長根那邊。」一郎哥哥回答。

「好險、好險，要是掉進那片山谷，人啊馬啊肯定都活不了。來，嘉助吃麻糬，小朋友你也吃。快吃快吃。」

「爺爺，我先把馬牽回去吧。」一郎哥哥說。

「嗯，不然牧馬的人又要囉嗦了。不過再等一下，看樣子很快就要放晴了。剛才我好擔心，還跑到虎山下去等呢。不過真是太好了，雨也要停了。」

「今天早上明明天氣很好。」

「常有的事……啊，漏水了。」

一郎哥哥走出去後，天花板傳來喀沙喀沙的聲響。爺爺笑著往上看。

哥哥走進遮雨棚裡說：

「爺爺，外頭變亮了，雨也停了。」

「這樣啊，大家好好取暖，我也得去割草了。」

霧氣逐漸消散，陽光灑進遮雨棚裡。太陽西斜後尚未消散，如蠟一般的霧氣閃閃發光。

水滴自草上滑落，所有花草葉莖都在吸收秋日最後的陽光。遙遠西邊的碧綠原野也彷彿停止哭泣，綻放耀眼的笑容。在陽光沐浴下，另一邊的栗子樹散發著蒼翠的光芒。由於大家都累了，所以比一郎他們早一步離開原野。三郎在湧泉處與大家分別時，仍然一句話也不說，逕自走回爸爸的小屋。

嘉助在回家的路上說：

「那一定是風神，還有風神的兒子。那邊是他們兩個的地盤。」

「才不是呢。」一郎高聲說道。

九月五日

隔天早上雖然下雨，自第二節課起開始逐漸放晴。到了第三節課的下課時間，雨已經完全停了，鱗狀的白雲在蔚藍天空中向東邊流轉。霧氣自山上的芒草、栗子樹蒸發。

「放學以後我們去摘葡萄吧。」耕助悄悄地對嘉助說。

「好啊好啊，又三郎要不要去？」一聽見嘉助開口問道，耕助就說：

「喂！為什麼要跟又三郎說！」三郎彷彿沒有聽見耕助說的話：

「好啊，我在北海道的時候也有摘過，我媽媽還醃了兩大桶葡萄哦。」

「我也想去摘葡萄……」二年級的承吉說。但耕助卻拒絕說：

「不要，我才不要帶你去，我去年發現一個新的地方。」

大家一心想著放學。第五節課結束後，一郎、嘉助、佐太郎、耕助、悅治、又三郎，六個人從學校往河流上游的方向走。才走一會兒，就看見一間屋頂鋪著稻草的房子，房子前有一塊小小的田地。菸草下方的葉片捲曲，綠色的莖就像樹林一樣整齊排列，感覺有趣極了。

又三郎突然摘下一片葉子問一郎：

「這是什麼葉子？」一郎嚇了一跳，神色不太對勁地說：

「哇——你竟然把葉子摘下來了……專賣局的人一定會罵你。天啊……」大家開始七嘴八舌地說：

「專賣局的人會一片一片數葉子，而且還會記在本子上。這可不關我的事。」

「對啊，也不關我的事。」

「也不關我的事。」

又三郎面紅耳赤地轉過頭去，想著該如何回應。最後他生氣地說：

「我又不知道不能摘！」

大家害怕地看向那間房子，觀察是否有人瞧見他們。越過瀰漫的水蒸氣，菸草田後方那間房子悄然無聲，看起來一個人也沒有。

「那是一年級的小助家吧。」嘉助試圖安撫大家。由於耕助一開始就因為太多人——包括三郎——要去他找到的葡萄叢而不太高興，因此他故意對三郎說：

「喂！又三郎，你不要以為不知者無罪哦！你一定要想辦法恢復原狀！」

不知該如何是好的三郎悶聲不響，過了一會兒才說：

「放在這裡總可以了吧？」他把葉子放在菸草下。一郎隨即說：

「快走吧。」接著便向前走去。其他人也跟在後頭，只有耕助留在原地說：

「喂！這可不關我的事哦！哎呀，又三郎怎麼把葉子放在那裡呢？」但大家頭也不回地走了，耕助只好跟上前去。

一夥人沿著兩旁都是芒草的小路往山上走，發現面向南邊的山窪有幾棵栗子樹，下面是一大片葡萄叢。

「這裡是我發現的，大家不要摘太多哦！」耕助說。

三郎說：

「那我來打栗子。」他撿起石頭往樹上丟，一顆綠色的栗子從樹上掉下來。

三郎用木棒把栗子剝開，露出白色的果實。其他人認真地摘著葡萄。

當耕助經過一棵栗子樹下，打算走向另一片葡萄叢時，栗子樹上的水滴「嘩──」一聲打在他的身上，他的肩膀和背都濕了。嚇了一跳的耕助往上看，才發現三郎已經爬到樹上去了。嘴角帶著笑意的三郎，用自己的袖口擦臉。

「喂！你在做什麼！」耕助惡狠狠地瞪著他。

「是風吹的啦。」三郎在樹上笑著說。

最後耕助離開樹下，開始在其他地方摘葡萄。他把摘下來的葡萄隨處堆放，一個人根本拿不動。不僅如此，他的嘴唇沾滿葡萄的汁液，看起來變得好大。

「你摘那麼多，沒有辦法帶回家吧。」一郎說。

「我還要摘更多！」耕助說。

此時樹上的水滴又「嘩——」一聲打在耕助的頭上，耕助再一次往上看，卻沒有看見三郎的身影。

不過他發現身穿灰色上衣的三郎躲在樹後——因為他看見三郎的手肘，還聽見竊竊的笑聲。耕助怒不可遏地說：

「喂！你一定是故意的！」

「是風吹的啦。」

大家齊聲大笑。

「喂！一定是你在那邊搖樹！」

大家再次大笑。

耕助又惡狠狠地瞪著三郎，就這樣沉默了好一會兒。之後他大喊：

「喂！又三郎，你最好從世界上消失啦！」

三郎不以為意地笑了。

「耕助，你這樣說也太沒有禮貌了吧。」

耕助想說些別的，但他實在太生氣了，沒有辦法思考，所以又大喊了一次：

「喂！你……又三郎，你們這些風最好從世界上消失啦！」

「你真的很沒有禮貌，是你先捉弄我的啊。」三郎眨了眨眼睛，一臉無辜地說。

然而耕助的怒氣並沒有消失，他又大喊了一次，這已經是第三次了。

「喂！又三郎，你們這些風最好從世界上消失啦！」

三郎似乎對耕助的話有點感興趣，笑嘻嘻地問：

「風最好從世界上消失？為什麼？你舉例說明看看，快點。」又三郎的表情跟老師一樣，還舉起一根手指。耕助覺得好後悔，這樣不僅像在考試，而且一點也不有趣。他稍微想了一下說：

「你們老是在惡作劇，還會把傘吹壞。」

「還有呢？」三郎興致勃勃地向前一步說。

「還會把樹吹得東倒西歪。」

「還有呢？還有呢？」

「還會破壞房子。」

「還有呢？還有呢？還有呢？」

「還會把燈吹熄。」

「還有呢？還有呢？之後還有嗎？」

「會把帽子吹走。」

「還有呢？之後還有嗎？還有嗎？」

「會把斗笠吹走。」

「還有呢？還有呢？」

「還有……嗯……嗯……會把電線桿吹倒。」

「還有呢？還有呢？還有呢？」

「還有，會把屋頂吹跑。」

「哈哈哈，屋頂是房子的一部份啊。怎麼樣？你說啊，還有呢？還有呢？」

「還有……嗯……還有……會把檯燈吹熄。」

「哈哈哈，檯燈也是一種燈啊。只有這樣嗎？嗳，還有呢？你說啊，你說啊。」

耕助一時語塞——因為他幾乎已經列出了風所有的缺點，實在想不出來了。三郎覺得有趣極了，便舉起一根手指說：

「還有呢？還有呢？嗳，你說啊。」

耕助漲紅著臉，好不容易才回答：

「會破壞風車。」

三郎一聽差點跳了起來，他不停地大笑。大家也笑了，笑了又笑，笑了又笑。

三郎好不容易才鎮靜地說：

「你看，你竟然說風車。風車怎麼會希望風消失呢？雖然風偶爾會破壞風車，但大部分時間，風都在吹動風車啊——所以風車不會討厭風。而且你從剛才開始就很好笑，一直支支吾吾的，『嗯……嗯……』最後竟然還說風車。真是太好笑了……」三郎笑到眼淚都要掉出來了。耕助實在不知該如何回應，甚至忘記自己還在生氣，最後也跟著三郎笑了起來。三郎把耕助捉弄他的事完全拋在腦後，他說：

「耕助，以後別再這樣捉弄別人囉。」

「我們走吧。」一郎給了三郎五串葡萄，三郎給了每個人兩顆栗子果實。接著大家一同下山，趁天還亮著回到家裡。

九月七日

隔天早上空氣裡一片霧靄靄的，連學校後山也看不太清楚，但霧氣從第二節課就開始散去。很快地，晴空萬里、豔陽高照，中午就熱得跟夏天一樣。這一天，三年級中午就先下課了。

到了下午，悶熱的天氣不僅使老師在講台上頻頻擦汗，就連練習習字的四年級學生、練習畫圖的五、六年級學生都不停打瞌睡。

放學後，大家隨即一齊前往河邊。嘉助對三郎說：

「又三郎，你要不要游泳？其他小朋友都已經在那邊玩水了。」

三郎跟著嘉助來到河邊，那裡比他們之前到上方原野時還要靠近下游，右邊的支流在此形成一片還算寬廣的河岸，緊鄰皂莢樹生長的山崖。

「哦——」已經先到的小朋友們舉起雙手大喊。一郎和其他人先是在河岸上的合歡樹之間賽跑，突然衣服一脫就「噗通——」一聲跳進水裡。他們排成斜斜的一排，接著以雙腳一會兒彎曲一會兒伸直的姿勢踢水，往對岸游去。

站在三郎他們前面的小朋友也追上去開始游泳。

三郎脫下衣服開始游泳後，途中卻突然放聲大笑。一郎到了對岸後，將頭髮梳整得跟海豹一樣。嘴唇發紫的他一邊發抖一邊說：

「喂！又三郎，你為什麼要笑？」三郎一邊發抖一邊走上岸。他說：

「河水好冷哦。」

「又三郎，你為什麼要笑？」一郎又問。

又三郎笑著說：「你們游泳的姿勢好奇怪，為什麼腳要『咚咚咚』地踢水呢？」

「喂——」一郎有點難為情地說：

「來撿石頭吧。」接著撿起白色的圓形石頭。

「好啊，好啊！」小朋友們大聲附和。

「我要爬到那棵樹上丟石頭。」一郎爬到山崖邊的皂莢樹上說：

「我要丟囉，一、二、三。」接著把那顆白色石頭「噗通——」一聲丟進水裡。大家爭先恐後地跳進水裡，試圖像水獺一樣潛到水底，撿起那顆石頭。但他們都還沒有潛到水底就得起來換氣，上上下下在水面掀起一陣霧氣。

三郎原本只是在一旁看，但他發現大家一直浮起來，索性自己跳進水裡。不料他也還沒有潛到水底就得起來換氣，其他人看了哈哈大笑。此時有四個大人打著赤膊、拿著網子，從對岸合歡樹那裡往他們的方向走來。

一郎在樹上壓低聲音對大家喊：

「喂，他們要炸魚了。大家不要再撿石頭了，裝作什麼都沒看見，往下游走。」於是大家盡可能裝作什麼也沒看見的樣子，往下游的方向游去。在樹上的一郎把手放在眉毛上，試圖讓自己看得更清楚。他再次確認後，一個翻身就跳進水裡，迅速地追上大家。

大家站在河流下游的一片淺灘上。

一郎說：「大家繼續玩，裝作什麼都沒看見的樣子。」於是有人撿石頭、有人追鶺鴒，佯裝完全沒有發現大人在炸魚的事。

平常在下游挖礦的莊助在對岸觀察了他們一會兒，接著盤坐在砂石上，慢慢自腰間取出香菸盒與菸管，大口大口吞雲吐霧起來。當孩子們正覺得不可思議時，莊助又從腰間拿出其他物品。

「要炸了，要炸了！」大家忍不住大喊，一郎連忙揮手制止。莊助靜靜地以菸管的火點燃手裡的物品，站在他後頭的其中一人立刻潛進水裡佈網。莊助慢慢起身，一走進水裡就立刻將手裡的物品往皂莢樹下丟。沒多久，「碰——」地一聲水花四濺，空氣嗡嗡地響了好一陣子。對岸的大人全都跳進水裡。

「好，要流過來了，大家快抓。」一郎說。過不久，耕助就抓住一隻小指般大小，已經失去意識的茶色杜父魚。接著嘉助發出吸食瓜類的聲音，奮力抓住六寸大小的鯽魚。嘉助興奮地漲紅了臉，大家也跟著歡呼。

「安靜，安靜！」一郎說。

此時五六個打著赤膊或只穿一件襯衫的大人自對岸跑來，後頭還有一個穿著網狀襯衫的人騎馬疾奔——他們都是因為聽見爆炸的聲音，所以跑過來看。

莊助雙手抱胸，看著大家抓魚。他說：

「魚好少呀。」在大家沒有察覺的時候，三郎走到莊助身旁。

接著把兩隻中型鯽魚丟進河裡，「我要把魚還回去。」莊助上下打量三郎說：

「這小孩哪裡來的啊，真奇怪。」

三郎默默走回其他人身邊。莊助的臉色變得很難看。大家看了哈哈大笑。

莊助悶聲不吭地往上游走，其他大人也跟上前去，包括那個穿網狀襯衫騎馬的人。耕助游過去把三郎放進河裡的魚抓回來，大家又笑了。

「等一下我們再來分魚！」嘉助在河岸上跳著大叫。

大家用石頭圍起來做成小小的魚缸，把抓到的魚放進去，這樣魚就算恢復意識也不會逃走。接著他們往上游的皂莢樹前進。那天真的很熱，合歡樹看起來就像身處夏天般奄奄無力，天空也好比深不見底的深淵。

此時突然有一個人大喊：

「啊，有人在破壞我們剛剛做的魚缸。」仔細一瞧，他們看見一個鼻子尖尖，穿著西服、草鞋的男人，拿著像是拐杖的物品，把大家抓到的魚弄得亂糟糟的。

「啊，他是專賣局的人，專賣局的人！」佐太郎說。

「又三郎，他一定是發現菸草葉的事，所以來抓你。」嘉助說。

「那又怎麼樣？我不怕！」三郎咬著牙說。

「大家把又三郎圍起來、圍起來。」一郎說。

於是大家讓三郎躲進皂莢樹的枝葉裡，圍坐在樹上。

那個男人踏著河水走向他們。

「來了來了，來了來了，來了。」大家屏氣凝神。不過那個男人並沒有打算逮捕三郎，自顧自地走過大家面前，朝上游的淺灘走去。而且他沒有立刻過河，來回了好幾次，像是在清洗弄髒的草鞋與布繩。儘管大家越來越不害怕，卻覺得很不舒服。最後一郎忍不住說：

「喂！我先喊，大家聽到『一、二、三』再跟著喊哦。

老師不是常說嗎？

不要汙染河水哦，

一、二——三。」

「不要汙染河水哦，

老師不是常說嗎？」

那個人嚇了一跳，卻一副聽不懂他們在說什麼的樣子。大家看了繼續說：

「不要汙染河水哦，

老師不是常說嗎？」

鼻子尖尖的人嘟起嘴，做出吸菸的嘴型說：

「你們會喝這裡的水嗎？」

「不要汙染河水哦，

老師不是常說嗎？」

鼻子尖尖的人傷腦筋地說。

「我不能在河裡走路嗎？」

「不要汙染河水哦，

老師不是常說嗎？」

那個人為了掩飾自己的慌張，刻意慢慢過河，接著以在阿爾卑斯山上探險的姿勢，斜斜地攀上以綠色黏土、紅色砂石形成的山崖，走進山崖上的菸草田。

三郎說：

「什麼嘛，結果不是來抓我的。」接著「噗通──」一聲跳進水裡。

大家也抱著五味雜陳的心情，一個個從樹上跳下來。他們游到河邊，用手帕把魚包起來，各自帶回家裡。

九月八日

隔天早上，上課前大家在操場上吊單槓、玩「藏棒子」遊戲，遲到的佐太郎偷偷揹著放了些什麼的竹簍走進學校。

「那是什麼？那是什麼？」大家立刻衝過去看。佐太郎用袖子遮掩，並急急忙忙地往學校裡的岩洞走，大家隨即追上前去。一郎看了一眼，不禁臉色一沉——那是用來讓魚昏過去的山椒粉，用山椒粉跟用火藥一樣，都會被警察逮捕。然而佐太郎卻把它藏在岩洞旁的芒草裡，若無其事地回到操場上。

之後大家不斷竊竊私語討論這件事，一直到上課為止。

這一天也是十點就開始變熱，大家都迫不及待等著放學。到了下午兩點，第五節課結束後，大家便飛也似地衝出學校。佐太郎用袖子遮掩竹簍，在耕助等人包圍下，一行人來到河邊。三郎、嘉助也在裡頭。大家迅速穿越瀰漫——舉辦祭典時才會聞到的——瓦斯味的河邊，來到長有皂莢樹的河邊。就像夏天的下午，雲在東邊天空逐漸累積，皂莢樹閃耀著綠色光芒。

大家脫下衣服後站在河邊。佐太郎看著一郎說：

「排好聽我說。魚浮起來的時候，大家就到水裡去抓，抓多少都算你們的。聽到了嗎？」

年紀較小的小朋友圍在河邊，個個興奮地漲紅了臉，互相推擠。阿吉等三四個人早已游到皂莢樹下預備。

佐太郎大搖大擺地走到上游河灘，用水嘩啦嘩啦地沖洗竹簍。大家都站在原地直盯著水面瞧。然而三郎不一樣，他望向飛過白雲的黑色小鳥；一郎則是坐在河邊，四處敲打石頭。過了好一陣子，都沒有魚浮起來。

佐太郎一臉認真地凝視水面。大家都覺得如果是用火藥炸魚，應該已經抓到十隻了。大家又靜靜地等了一會兒，還是沒有魚浮起來。

「魚怎麼都不浮起來啊？」耕助大叫。佐太郎雖然抖了一下，但還是全心全意地看著水面。

「都沒有魚啊……」阿吉在另一邊的樹下說。大家嘰嘰喳喳地你一言我一語，之後一起跳進水裡。

佐太郎難為情地蹲下，又盯著水面好一會兒，之後才站起來說：

「我們來玩『鬼抓人』吧。」

「好啊，好啊！」大家齊聲歡呼。為了猜拳，他們把手伸出水面。原本在游泳的人連忙游到河灘上，把手伸出水面。坐在河邊的一郎也走過去伸出手，而且一郎規定只要躲到綠色黏土的山崖旁——昨天那個鼻子尖尖的怪人往上爬的地方——鬼就不能抓那個人。接著他們決定用「黑白黑白」[13]的方式來決定誰當鬼，但悅治卻出了「剪刀」——大家不但嘲笑悅治，還讓他當鬼。悅治嘴唇發紫地衝到河邊，因為他抓到喜作，所以就變成有兩個鬼。大家在河邊、水裡跑來跑去，一下抓人、一下被抓，玩了好幾次「鬼抓人」。

最後剩下只有三郎一個人當鬼，他一下子就抓到吉郎。大家都在皂莢樹下看。三郎對吉郎說：

13 原文是以「猜拳時不能出剪刀」的方式來決定誰當鬼，推測進行方式與「黑白黑白（我勝利）」類似，出拳後多數者的人則不需再出，少數者繼續猜，直到剩下最後一人。

「吉郎，你要從上游追過去哦。聽到沒？」吉郎張開嘴巴、伸開雙手，從上游滿是黏土的地方追過去，但三郎卻靜靜地站在原地看。大家早已做好跳水的準備，一郎還爬到白楊樹上。就在那個時候，吉郎一不小心跌倒了。大家「哇——哇——」地叫著。吉郎跌得七葷八素，好不容易才爬上樹根，站穩腳步。

「又三郎，來啊！」嘉助嘴巴張得大大的、雙手伸得直直的，一副看不起三郎的樣子。三郎從剛才就一直很生氣，他認真地說：

「好，你給我等著。」接著「噗通」一聲跳進水裡，拚命往那邊游去。

由於三郎的紅髮不斷拍擊水面，加上他在水裡實在泡太久了，嘴脣有些發紫——年紀比較小的小朋友看了都非常害怕。最重要的是，綠色黏土的山崖邊很窄，沒有辦法容納所有人。而且山坡很滑，站在下面的四五個人必須抓著上面的人，才不會掉進河裡。只有一郎安穩地坐在最上面，開始給大家出意見，大家也把頭湊近聽。三郎往大家的方向游，大家低聲討論計策。三郎突然從水裡衝出來，大家急忙躲避，導致黏土有些向下滑。三郎興奮地往大家的方向潑水，過一會兒，大家同時滑下山坡，全部都被三郎抓到，一郎也不例外。只見嘉助一個人往上游逃，三郎立刻追過去。最後嘉助不僅被三郎抓到，還轉了四五圈。他看起來就像喝了水，咕嚕咕嚕地說：

「我不玩了，這種『鬼抓人』一點都不好玩」。年紀比較小的小朋友都爬上岸，只剩三郎獨自站在河裡的皂莢樹下。

此時，天空布滿烏雲、白楊樹異常蒼白，整座山都暗下來，看起來恐怖極了。當上方原野傳來轟隆轟隆的雷聲，感覺就像整座山都在怒吼，天空冷不防地下起午後雷陣雨。風也呼呼地吹來。河面上濺起一整片水花，讓人分不清是水還是石頭。大家抱著衣服從河邊跑到合歡樹下躲雨。此時三郎第一次露出害怕的神情，從皂莢樹下往大家的方向游。

「雨聲霎霎霎霎雨三郎，

風聲呼呼呼又三郎。」

大家開始異口同聲地叫道：

「雨聲霎霎霎霎雨三郎，

風聲呼呼呼又三郎。」

三郎突然變得慌張，彷彿有人在水裡拉住他的腳。當他好不容易才游到河邊，就氣沖沖地衝到大家面前，全身發抖地問：

「剛剛是你們在叫嗎？」

「不是，不是！」大家異口同聲地說。阿吉還挺身說：

「不是！」三郎不太高興地往河邊望去，一如往常，緊緊咬住蒼白的嘴脣說：

「什麼嘛……」他還是不停發抖。大家趁雨稍微停歇時，便各自回家了。

九月十二日，第十二天

呼　呼呼　呼呼——呼　呼呼——呼　呼呼——
吹走綠油油的橡果
吹走酸溜溜的木瓜海棠
呼　呼呼　呼呼——呼　呼呼——呼　呼呼——
呼　呼呼　呼呼——呼　呼呼——呼　呼呼——

一郎在夢中又聽見又三郎唱的那首歌。

他驚醒後發現窗外真的刮著風，整片樹林像是在呼嘯。天就要亮了，微微的白光灑在紙門、燈籠與整間屋子裡。一郎迅速綁上腰帶，穿著木屐穿過馬廄。他一打開門，冰冷的雨水就隨風呼呼地吹進屋子裡。

馬廄的後門忽然倒下來，馬嚇了一跳，鼻子發出呼嚕的聲響。一郎用力地吐出一口氣，彷彿風吹進他胸口深處。接著他走到外頭。天已經完全亮了，地面上濕濕的。他們家前面那排栗子樹看起來異常蒼白，在風雨交加之中，不僅葉子被颳走，栗子也紛紛掉落地面。烏雲散發詭譎的光芒，不停地往北邊移動。遙遠的樹林就像波濤洶湧的海面，發出一陣陣汩汩的聲響。儘管臉上滿是冰冷的雨水，衣服差點就要被陣風捲走，一郎卻站在原地凝望天空，豎耳細聽遠方的風聲。

驀然，他的胸口似乎掀起一道道風浪，但他仍然靜靜地聽著風聲。當他發現風聲越來越遠，心跳就噗通噗通地越來越快。一直到昨天，風都靜靜地盤旋在山丘、原野一帶的天空，今天清晨卻一口氣動了起來，「呼呼——呼呼——」地往塔斯卡羅拉海溝的北邊吹去。一郎漲紅了臉，大口大口地呼吸，彷彿自己也可以在空中飛翔。最後他衝進屋裡，深深地呼吸。

「啊……風好大，菸草、栗子今天一定都會遭殃。」一郎爺爺站在門前，靜靜地看著天空。一郎急急忙忙從井裡汲起一桶水，將廚房擦乾淨。接著拿出臉盆，噗嚕噗嚕地洗臉。最後從架子上拿出已經冷掉的白飯與味噌，狼吞虎嚥起來。

「一郎，湯快煮好了，再等一下。你今天為什麼要這麼早去學校？」媽媽在灶裡添加柴火，準備給馬吃的（原文缺一個字）。

「嗯，我怕又三郎飛走。」

「又三郎是什麼？是一種鳥嗎？」

「不是，是一個叫又三郎的人。」一郎匆匆吃飽後把碗洗乾淨，接著穿上掛在廚房裡的雨衣，拖著木屐往嘉助家衝去。

嘉助才剛起床，他說：

「我現在正要吃早餐。」於是一郎在馬廄前稍微等了一會兒。

不久後，嘉助穿著小小的簑衣走出來。

狂風暴雨中，兩人全身都濕透了，好不容易才走到學校。當他們走進校舍，教室裡空無一人。雨從窗縫滲進教室，地板整個濕淋淋的。一郎環視教室後說：

「嘉助，來幫忙掃水啊。」一郎拿起掃把，將水掃進窗戶下方的洞裡。

老師聽見聲響，走進教室察看。不可思議的是老師竟然穿著夏季和服，手裡還拿著紅色的圓扇。

「你們兩個好早呀，在打掃教室嗎？」老師問。

「老師早安。」一郎說。

「老師早安。」嘉助說完立刻問：

「老師，又三郎今天會來嗎？」

老師想了一會兒說：

「又三郎？你是說高田同學嗎？嗯，高田同學昨天和爸爸一起搬走了，因為是星期天，所以沒有辦法跟大家打招呼。」

「老師，他們是飛走的嗎？」嘉助問。

「不是，因為高田同學的爸爸收到公司的電報，必須回去一趟。之後雖然高田同學的爸爸會再過來，但高田同學會留在原本的學校，跟媽媽一起住。」

「為什麼公司會發電報給高田同學的爸爸呢？」一郎問。

「聽說這裡的鉬礦短期間沒有辦法開採。」

「他一定是風神的兒子！他一定是又三郎！」

嘉助高聲叫道。值日室忽然傳來警鈴聲——老師一聽，立刻拿著紅色的圓扇，匆匆地趕過去。

剩下的兩人站在原地相望，就像是在確認對方真正的想法。

風吹個不停，窗戶咯咯作響，窗外的景色因雨水而變得模糊。

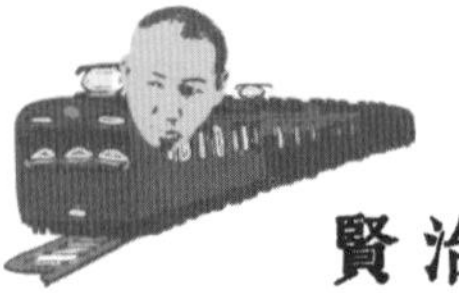

賢治小專欄❸

心目中的理想女性；尷尬的咖哩事件

賢治一生從未娶妻。有關賢治的戀愛經歷大約如下：

＊盛岡中學畢業後，住院接受鼻炎手術的他，愛上了悉心照護自己的同年護士，提出希望與這名護士結婚的要求，遭到父母親反對。（十八歲）
＊對於盛岡高等農林學校的摯友保阪嘉內，及親妹妹宮澤敏有疑似戀愛的感情。
＊曾被小學教師高瀨露追求，拒絕對方。（三十一歲）
＊曾與友人的妹妹伊藤千惠相親，結果不了了之。（三十二歲）

其中，賢治與高瀨露之間還有一則有趣的傳聞。這名二十多歲的女教師個性活潑，喜歡照顧人。在賢治獨居從事羅須地人協會的活動期間，經常主動照顧他的生活起居。察覺到女方的好意後，賢治開始明顯回避。某次協會成員聚會的時候，露煮了咖哩飯請眾人吃。賢治卻碰也不碰，還說：「請不要管我。我沒有吃的資格。」據說在眾人面前被賢治公然拒絕的露憤然跑到樓下，用力敲打風琴，藉此發洩怒氣。

賢治曾對朋友這麼形容過「心目中理想的女性」：

像朝露般出現在原野新鮮的餐桌旁，彼此打過招呼後，給了我一碗早餐，然後翩然離去。隔天早晨再次像這樣出現在我身邊。如果是這樣的女性，我願意跟她結婚。如果偶爾能夠幫我修正大提琴的走調，或是唸童話或詩歌給我聽，願意陪我一起忍耐聽完整張唱片，那就太完美了。

由此可知，賢治理想中的異性是完全沒有現實感、猶如精靈般的女子，正因如此他才會對於充滿現實感、個性積極的高瀨露如此抗拒吧。

夜鷹之星

此時又有一隻甲蟲飛進夜鷹的咽喉裡，夜鷹可以感覺到甲蟲在自己的咽喉裡拚命拍打翅膀。儘管夜鷹不顧一切地將牠吞進肚子裡，卻突然覺得心臟跳得好快。

夜鷹之星

夜鷹是一種長相醜陋的鳥。

臉上長滿了斑，就像抹了味噌一樣；而且嘴巴扁扁的，彷彿是一條裂到耳旁的裂縫。

加上牠的腳沒有什麼力氣，所以無法走太遠。

光是看到夜鷹的臉，其他鳥兒就會露出厭惡的神情。

好比雲雀這種鳥自己也其貌不揚，卻比夜鷹好太多了。所以當雲雀碰巧在傍晚或其他時間遇到夜鷹，就會露出厭惡的神情。不僅閉上眼睛，還會把頭撇開表現出不屑的樣子。一些身形比較小、話比較多的鳥，也總是一看見夜鷹就開始說牠的壞話。

「哼，牠又在外頭閒晃了。你們看牠的長相，真是丟我們鳥類的臉。」

「對啊，嘴巴也大得太誇張了吧，難不成牠是青蛙的親戚嗎？」

這就是夜鷹平時的處境。如果牠不是夜鷹，而是普通的老鷹，這些端不上檯面的小鳥光是聽到牠的名字，一定會嚇得渾身發抖。不僅如此，還會臉色蒼白地縮起身子，連忙躲進枝葉的陰影處。然而，夜鷹非但不是老鷹的兄弟，也不是老鷹的親戚。更有甚者，夜鷹是美麗的翠鳥與蜂鳥——鳥類中的寶石——的大哥。牠們三兄弟，蜂雀吸花蜜、翠鳥吃魚，夜鷹則是以吃昆蟲維生。由於夜鷹沒有尖銳的爪子，再怎麼弱小的鳥，都不會怕牠。

既然如此，牠的名字裡為什麼會有一個「鷹」字呢？有兩個原因。首先，當夜鷹張開翅膀，迎風飛翔的時候，看起來就跟老鷹一樣。再者，牠的叫聲跟老鷹也有幾分相似。想當然耳，老鷹對這件事非常不滿意。只要一看見夜鷹，就會生氣地說：「快點把你的名字改掉，把名字改掉！」

某天傍晚，老鷹決定直接到夜鷹家。

「喂，你在家嗎？為什麼還不把名字改掉？真是不知羞恥啊。你和我天差地別，我可以在蔚藍的天空裡四處翱翔，你只敢在陰天或夜晚時現身。而且，你看看我的嘴巴還有爪子，再看看你自己。這樣你還有臉不改名字嗎？」

「老鷹先生，這麼說太為難我了。我的名字也不是自己選的，是上天給我的。」

「才怪，我的名字才是上天給的，你的名字就是跟『夜晚』還有『老鷹』大爺我借的，快點還來。」

「老鷹先生，這真的沒有道理。」

「怎麼會沒有道理。我幫你取個好聽的名字吧，市藏怎麼樣？市藏這個名字很棒吧？而且你改名的時候，要好好宣傳才行。聽好了，你要在胸前掛一塊寫著『市藏』的牌子，挨家挨戶地通知大家『我改名為市藏了』。」

「這我真的做不到。」

「你做得到，而且一定要這麼做。我給你的期限是後天早上，你如果沒這麼做，我就把你給殺了。記住──如果你不照做，我就把你給殺了。我後天一早就會挨家挨戶地去確認你有沒有通知牠們改名的事情。只要有人說沒有，你就完了。」

「可是這真的沒有道理啊。真要我那麼做，我寧可選擇死亡。你現在就把我殺了吧。」

「反正你仔細想想，市藏這個名字很不錯啊。」老鷹奮力張開翅膀，飛回自己的鳥巢。

夜鷹閉上眼睛，默默地回想。

──大家為什麼要這麼討厭我呢？就因為我的臉像是抹了味噌，嘴巴像是裂開一樣嗎？可是我出生到現在又沒做過什麼壞事，為什麼連我看見綠繡眼寶寶跌出鳥巢，好心把牠送回去，綠繡眼都要像看見小偷一樣，狠狠地從我手中搶過寶寶呢？而且還一直笑我。這次老鷹竟然要我改名叫市藏，還要我在胸前掛牌子……真是太痛苦了……

天色漸漸暗了下來。夜鷹飛出鳥巢。低垂的雲朵泛著不懷好意的光，夜鷹無聲地穿梭在雲朵之間，往前飛去。

牠張大嘴巴、伸直翅膀，看起來就像一枝橫越天空的箭。好幾隻小昆蟲，飛進牠的咽喉。

夜鷹一會兒飛得很低，身體幾乎緊貼著地面，一會兒展翅高飛。此時的雲朵看起來是灰色的，前方的山林竟陷入一片紅色的火海。

夜鷹奮力張開翅膀，彷彿撕破天空般。一隻甲蟲在飛進夜鷹咽喉裡時不斷掙扎，儘管夜鷹立刻將牠吞進肚子裡，卻忽然覺得有些怪怪的。當天空完全暗下來，只能看見東邊山林的紅色火海時，夜鷹不禁心生畏懼，牠胸口一緊，繼續往高處飛去。

此時又有一隻甲蟲飛進夜鷹的咽喉裡，夜鷹可以感覺到甲蟲在自己的咽喉裡拚命拍打翅膀。儘管夜鷹不顧一切地將牠吞進肚子裡，卻突然覺得心臟跳得好快。最後，夜鷹放聲大哭，一邊哭一邊在空中盤旋。

——啊……我每天晚上殺死這麼多獨角仙還有其他昆蟲，這次換老鷹要殺死獨一無二的我。好痛苦啊，真的，真的好痛苦。我今後再也不吃昆蟲了，就讓我餓死吧。不，在那之前，老鷹已經把我殺死了；在死之前，讓我飛到天空的另一端吧。

山林的火海就像流水般擴散，彷彿連雲朵也燃燒著紅色的火焰。

夜鷹先飛到弟弟翠鳥家。美麗的翠鳥正好起身，觀望著森林大火，牠一看見夜鷹的身影就說：

「哥哥，有什麼急事嗎？」

「因為我要到很遠的地方去，所以想來見你一面。」

「哥哥，你不能走啊。蜂鳥在這麼遠的地方，你要是離開，就只剩我孤伶伶的了。」

「即使如此也沒辦法，今天就什麼也別說了吧。還有，你以後別再惡作劇抓魚來玩了。知道嗎？永別了。」

「哥哥，等一下，究竟發生了什麼事？你再多待一會兒吧。」

「待再久也是一樣，幫我跟蜂鳥打聲招呼。永別了，我們以後不會再見面了。永別了。」

夜鷹哭著回到家中。短暫的夏夜就要結束了。

羊齒葉吸收清晨的霧氣，看起來有些蒼白地隨風搖曳。夜鷹高聲鳴叫，牠將鳥巢整理乾淨、梳整全身的羽毛。接著決定飛出鳥巢。

此時霧氣散去，太陽正巧從東邊升空。眩目的陽光讓夜鷹眼冒金星，但牠還是咬牙忍住，像一枝箭般飛去。

「太陽啊太陽，請帶我到您那裡去吧，燒死也無所謂。即使我長得這麼難看，燒死以後也能成為小小的亮光吧。請帶我到您那裡去吧。」

只是不管牠怎麼飛，都無法靠近太陽，太陽反而顯得越來越小、越來越遠。

太陽說：

「你是夜鷹吧，嗯，我想你一定很痛苦。不過你應該要跟星星商量，畢竟你是夜晚的鳥啊。」

夜鷹向太陽行禮時，突然覺得一陣天旋地轉，就這樣跌在原野的草地上。接著，牠做了一場夢——有時覺得自己浮遊在紅色、黃色的星星之間、有時覺得隨風飄揚，有時又覺得像是被老鷹抓住。

夜鷹感覺臉上涼涼的，於是睜開眼睛。露水自幼嫩的芒草葉片上滑落。夜已經深了，滿天的星星在藍黑色的空中閃耀。夜鷹飛向天空。今晚也能看見燃燒的山林，夜鷹在些微的火光與冰冷的星光中盤旋，再盤旋。接著下定決心，往西邊美麗的獵戶座飛去。牠一邊飛一邊喊：

「星星啊，西邊的星星，請帶我到您那裡去吧，就算燒死也無所謂。」

獵戶座正在唱著雄壯的歌曲，對夜鷹不理不睬。夜鷹好想哭，搖搖晃晃地墜落。牠好不容易才停下來，在空中盤旋。過一會兒後，牠一邊向南飛一邊喊：

「星星啊，南邊的星星，請帶我到您那裡去吧，就算燒死也無所謂。」

大犬座閃耀著藍色、紫色與黃色的美麗星光，他說：

「說什麼傻話，你以為你是誰？老鷹不是鳥嗎？你得飛億年、兆年、億兆年，才到得了我這裡啊。」說完就轉過頭去。

失望的夜鷹又開始墜落，接著才又在空中盤旋，下定決心往北邊的大熊座直直地飛去。牠一邊飛一邊喊：

「北邊的藍色星星啊，請帶我到您那裡去吧。」

大熊座冷冷地說：

「不要想這種無聊的事，先讓自己冷靜下來再說，你可以飛進有冰山的大海裡，如果附近沒有大海，那就飛進裝著冰水的杯子裡吧。」

失望的夜鷹再次墜落，又再次在空中盤旋。此時恰巧銀河自東邊升起，牠對著銀河彼岸的天鷹座大喊：

「東邊的白色星星啊，請帶我到您那裡去吧，就算燒死也無所謂。」

天鷹座傲慢地說：

「哎呀，這可不成。要成為星星，得具有相襯的身分才行，而且需要很多錢。」

夜鷹氣力全失，牠收起翅膀，直直地往下墜。然而，就在牠無力的雙腳只差一點點就要碰到地面的時候，牠又像狼煙般衝向天空。當牠飛到半空中，突然就像攻擊野熊的老鷹般抖動著身體，倒豎起羽毛。

接著夜鷹發出「奇嘶奇嘶奇嘶奇嘶奇嘶」的吶喊，那叫聲洪亮極了，簡直跟老鷹一模一樣。在原野、森林裡沉睡的鳥類都睜開眼睛，膽戰心驚地仰望星空。

夜鷹一路向上飛，再向上飛。直到山林的火焰看起來就像菸蒂一樣渺小，夜鷹還是繼續向上飛。

因為寒冷，牠的氣息在胸口凝結成白色的冰；因為空氣稀薄，牠必須不斷揮動翅膀。

遠方星星的大小卻沒有任何改變。現在的牠，呼吸時得和踩風箱一樣費力，冷風與冰霜如刀如劍地刺痛著牠。最後，夜鷹的翅膀麻痺了，牠眼眶含淚再度仰望天空。是的，這就是夜鷹死前的瞬間。沒有人知道夜鷹後來是墜落，還是升天；是頭下腳上摔落，還是相反。可以確定的是，牠的心情非常平靜，儘管滲血的大嘴有些扭曲，但牠還是露出微微的笑容。

一段時間後，夜鷹睜開雙眼，看著自己的身體化為燐火般美麗的藍色光芒，靜靜地燃燒。

它緊鄰著仙后座，就在銀河蒼白的流光後方。

夜鷹座不斷地燃燒，直到永恆。

直到現在。

賢治小專欄④

《注文（要求）很多的餐館》；注文（訂單）很少的書

賢治一生中唯一領過的稿費，是在雜誌《愛國婦人》上分次刊載童話〈渡雪原〉，稿費一共五圓。生前出版的作品是自費出版的詩集《春與修羅》、童話集《要求很多的餐館》，《春與修羅》曾獲得少數作家好評，《注文（要求）很多的餐館》卻諷刺地成為注文（訂單）很少的書。

大正十年二十五歲的賢治離家前往東京傳教，七個月內寫了一大皮箱的童話。卻沒有雜誌社或出版社願意刊載或出版這些作品。當時賢治曾委託弟弟清六將這些童話書稿帶往東京的出版社，詢問是否願意出版，可惜遭到出版社編輯拒絕。

大正十三年出版的《注文（要求）很多的餐館》首刷僅一千本。出版這本書的東京光原社既不是出版社，作者的版稅也是以一百本書籍代替。即使如此，賢治對這部作品充滿信心，將這本書當作十二本系列作的第一本前鋒作，可惜文壇對這本書的迴響很少，銷量極差。系列作的出版計畫迫不得已只好中止。

賢治不忍心看自己的作品被擺放在舊書店前日曬雨淋，還向父親政次郎借錢，自掏腰包買了兩百本下來。

正如梵谷生前只賣出一幅畫作，如今卻成為炙手可熱的藝術收藏。當初注文（訂單）很少的《注文（要求）很多的餐館》多年後成了日本家喻戶曉的童話故事，陪伴著許多兒童成長，恐怕也是賢治當初難以想像的吧。

大提琴手高修

高修用手帕塞住自己的耳朵，接著像暴風雨過境般演奏起〈印度的獵虎人〉這首歌。花貓歪著頭聽了一會兒，接著猛然眨了眨眼睛，拔腿就想往門外衝。

大提琴手高修

高修在鎮上電影館擔任大提琴手，但大家對他的評價並不高。與其說是評價不高，應該說他的表現是樂團裡最差的，所以老是被團長欺侮。

下午，大家在休息室裡圍成一圈，練習這次要在鎮上音樂會表演的〈第六號交響曲〉。

小號認真地唱著樂曲。

小提琴的樂音有如陣陣微風般怡人。

單簧管也發出「噗——噗——」的聲音。

高修也緊閉雙唇，努力地睜大眼睛。他一邊看樂譜一邊專心地拉著大提琴。

團長突然拍手，大家便停止演奏。團長大吼：

「大提琴拖拍，是咚咚咚咚咚迪，從這裡開始，預備——」

大家從稍微前面一點的地方重新演奏。高修滿臉通紅，額頭上滿是汗水，好不容易才跟上拍子。他稍微鬆了一口氣，跟著大家繼續演奏，但團長又拍手了。

「大提琴，走音。真是傷腦筋，我可沒時間從DO、RE、MI、FA開始教你。」

其他人很是同情，紛紛低頭佯裝在看自己的樂譜或樂器，高修連忙重新調弦。事實上，高修除了技巧不好，所使用的大提琴也很差勁。

「從前一個小節開始，預備——」

大家重新開始演奏。高修認真到嘴都歪了。這次進行得非常順利，沒想到團長突然又拍手了。高修嚇了一跳，心想——難道我又拉錯了嗎？所幸這次是別人犯錯，於是高修也像其他人一樣，刻意湊近自己的樂譜，裝出一副若有所思的樣子。

「從下一小節開始，預備——」

高修一鼓作氣地拉著大提琴。但過沒多久，團長就用力跺腳怒道：

「不行不行，你們的音都不協調。這裡是這首交響曲的心臟，怎麼可以這麼參差不齊。各位，距離音樂會只剩十天了。我們是專業樂團，要是輸給製作馬蹄鐵的、賣糖果的烏合之眾，面子要往哪裡擺呀？喂，高修，我最頭痛的就是你。你的演奏缺乏感情，完全聽不出憤怒、喜悅的高低起伏。而且老是和其他樂器不搭，感覺就像大家一起前進，卻只有你一個人鞋帶沒綁好，跟不上腳步。真是傷腦筋，你一定要好好努力才行啊。我們是鼎鼎大名的金星交響樂團，如果因為你一個人砸了招牌，其他人也太可憐了吧。好，今天就練習到這裡。記得明天一早六點就要集合。」

大家一同行禮後，有人拿出香菸、火柴，有人逕自離去。高修抱著粗糙木箱般的大提琴，轉身面向牆壁。儘管他的雙唇顫抖，不停地掉淚，還是默默地打起精神，一個人從頭開始練習。

那天深夜，高修揹著巨大的黑色包袱回到家裡。雖然說是「家」，但那只是一間位於郊外河邊的破舊水車小屋。高修獨自住在這裡，早上會在小屋旁一塊小小的田地裡修剪番茄枝葉、抓去甘藍菜上的菜蟲，一到下午，他就會出門。高修走進屋裡，點燈，打開他背回來的黑色包袱——就是方才那把老舊的大提琴。高修把大提琴放在地板上，從架上拿起一個杯子，大口大口地喝著水桶裡的水。

他甩了一下頭，用老虎般的氣勢坐在椅子上，開始演奏今天練習的樂譜。他一面翻樂譜一面演奏、沉思、演奏、沉思，努力演奏到最後，再從頭開始。就這樣，他拉著大提琴，反覆練習再練習。

到了半夜，高修的頭腦開始不清楚了。他練習到滿臉通紅，眼睛裡佈滿了血絲，表情看來恐怖極了，彷彿隨時都會昏倒。

就在這個時候，突然傳來了敲門聲。

「是霍休嗎？」高修大喊，聲音聽起來像是剛睡醒。沒想到，推開門走進屋裡的竟是一隻大花貓，高修記得自己曾經看過牠五六次。

花貓氣喘吁吁，將一堆從高修田裡摘下的半熟番茄放在他面前說：

「啊……我好累，搬這些真是太辛苦了。」

「什麼？」高修問道。

「這是送你的禮物，快吃吧。」花貓說。

高修把今天累積的所有怨氣全都發洩出來，他大吼：

「我有叫你拿番茄來嗎？重點是我為什麼要吃你拿來的番茄？況且這還是我自己田裡種的番茄。你真是太過分了，竟然摘還沒熟的番茄。之前就是你亂咬、亂踢我的番茄吧？你這隻混帳貓，快點出去！」

沒想到貓縮了縮肩膀、瞇起眼睛，嘴角充滿笑意地說：

「你別生氣啊，這樣對身體不好呀。來，你演奏一下舒曼的〈幻想曲〉吧。我可以幫你聽聽。」

「你懂什麼，你只不過是一隻貓啊。」

高修感到非常不悅，心想這隻貓到底要做什麼？

「你別客氣，我沒聽你的音樂，晚上可睡不著呢。」

「你懂什麼！你懂什麼！你懂什麼！」

高修漲紅著臉，像團長一樣用力跺腳，但隨即恢復冷靜說：

「那我開始了。」

高修像是想起什麼點子般，先是鎖上大門，接著關上所有窗戶、拿起大提琴，最後把燈熄了。室內將近一半的空間籠罩在接近滿月的明亮月光裡。

「你說要演奏什麼？」

「〈幻想曲〉，浪漫派音樂家舒曼的作品。」貓擦了擦嘴巴說道。

「嗯……〈幻想曲〉是這樣嗎？」

高修用手帕塞住自己的耳朵，接著像暴風雨過境般演奏起〈印度的獵虎人〉這首歌。

花貓歪著頭聽了一會兒，接著猛然眨了眨眼睛，拔腿就想往門外衝。但就算衝撞大門，大門卻仍然紋風不動。牠就像遭遇一生一世的大危機般慌亂，眼睛、額頭都冒出火花，接著是鬍鬚、鼻子。花貓覺得好癢，覺得快要打噴嚏了卻又沒有動靜。接著一副坐立不安的模樣，在室內抱頭亂竄。高修感到有趣極了，於是演奏得越來越起勁。

「夠了，夠了，求求你停下來。我再也不會偷摘你的番茄了！」

「閉嘴，快要捉住老虎了。」

花貓痛苦地跳上跳下，甚至用身體衝撞牆壁。但牠在牆壁上留下的抓痕只是微微地泛著白光。最後花貓就像風車一樣，在高修身邊打轉起來。

高修也覺得有些頭暈，這才停止了演奏：

「今天就先放你一馬吧。」

沒想到花貓的反應竟出人意料，牠說：

「老師，你今晚的演奏還真是有些奇特呀。」

高修雖然生氣，卻假裝若無其事拿出一根香菸與一根火柴，接著說：

「怎麼，你身體還好吧？舌頭伸出來我看看。」

花貓感覺在嘲笑人般吐出尖尖、長長的舌頭。

「嗯……有一點不舒服哦。」高修「咻——」的一聲用花貓的舌頭點燃火柴，接著用火柴點燃香菸。花貓驚訝地抖動舌頭，往大門的方向走去；當牠的頭撞到大門，又東倒西歪地回到原地。花貓就這樣撞到大門、回到原地、撞到大門、回到原地，企圖想要逃跑。

高修興致盎然地看著花貓。過一會兒，他說：

「我把你放出去，記住以後別再來了，笨蛋。」

高修打開門，看著貓像一陣風，頭也不回地逃向草原，高興地笑了。之後，感覺心情舒暢許多的高修沉沉進入夢鄉。

隔天晚上，高修又揹著黑色的大提琴包袱回到家裡。大口大口喝完水後，就像前晚那樣奮力練習。過了凌晨十二點、一點、兩點，高修都沒有停下來。等到他頭腦開始不清楚的時候，突然聽見有人在敲他的天花板。

「花貓你還沒學乖嗎？」

高修大喊。沒想到，有隻灰色的鳥從天花板的洞裡飛出來。當鳥停在地板上，高修仔細一瞧才發現那是隻布穀鳥，他說：

「怎麼連鳥都來了，你有什麼事？」

「我想學音樂。」

布穀鳥回答。

高修笑著說：

「什麼音樂？你不是只會發出『咕咕、咕咕』的聲音嗎？」

布穀鳥一臉正經地說：

「沒錯，可是好難。」

「哪裡難？你們只會讓其他人覺得很吵，要發出聲音有什麼難的。」

「我是認真的，比如說這樣的『咕咕』跟這樣的『咕咕』聽起來就不一樣吧？」

「一樣啊。」

「這你就不懂了。如果一萬隻布穀鳥一起叫，就會有一萬種不同的『咕咕』。」

「隨便你，既然你這麼厲害，那就不用來找我了呀。」

「可是我想學習正確的音階。」

「你為什麼要學音階？」

「我出國前一定要學會。」

「你為什麼要出國？」

「老師，請你教我音階，我會乖乖跟著你唱。」

「你很囉嗦耶，那我就教你三次，教完你就要離開哦。」

高修拿起大提琴，調整老舊的弦，拉出DO、RE、MI、FA、SO、LA、SI、DO的音，但卻有些走音。布穀鳥聽了連忙揮動翅膀。

「不對，不對，不是這樣。」

「你好囉嗦，不然你叫給我聽。」

「是這樣。」布穀鳥身體向前傾，靜止一段時間後叫了一聲：

「咕咕。」

「什麼，那就是音階？那對你們來說，DO、RE、MI、FA跟〈第六號交響曲〉沒什麼兩樣嘛。」

「不一樣。」

「哪裡不一樣？」

「難就難在持續。」

「你的意思是這樣吧。」高修拿起大提琴，連續拉了五次相同的音，「咕咕、咕咕、咕咕、咕咕、咕咕」。

布穀鳥好高興，跟著琴音「咕咕、咕咕、咕咕、咕咕」地叫了起來，而且是鼓動全身奮力地叫。

高修的手疼了起來，他說：

「喂，你夠了沒？」罷手不再演奏。布穀鳥覺得好可惜，於是又獨自叫了一段時間，最後終於停下來。

「……咕咕、咕咕咕咕咕……」

高修惱怒地說：

「喂，你沒事就快點走！」

「請你再拉一次。你的琴音很好，但還是有點怪怪的。」

「什麼?我不用你教。快點走！」

「求求你，只要再拉一次就好，拜託！」布穀鳥不斷低頭懇求。

「最後一次哦。」

高修舉起琴弓，布穀鳥「咕……」地深呼吸一次。

「請盡量拉久一點。」接著對高修行了一個禮。

「真是受不了你呀。」高修笑著開始演奏。接著布穀鳥認真地「咕咕、咕咕、咕咕」奮力叫了起來。一開始高修有些生氣，但就在他持續演奏的時候，忽然覺得布穀鳥比他更貼近正確的音階，越拉越覺得布穀鳥的音準很好。

「喂，再這樣下去，我都要變成鳥了！」高修突然停止演奏。

布穀鳥頭昏眼花，彷彿有人狠狠地打了牠的頭。

「咕咕、咕咕、咕咕……咕咕、咕咕咕咕……」就跟剛才一樣，牠叫到快要斷氣了才肯停下來，有些怨恨地看著高修說：

「你為什麼停下來?再怎麼沒用的布穀鳥，都會叫到啼血為止。」

「你懂什麼，誰受得了這種蠢事！你給我出去，你看，天都亮了！」高修指向窗外。

東邊的天空呈現銀白色，黑色的雲不斷向北邊移動。

「那我們可以練習到太陽出來呀，再一次就好，一下下而已。」

布穀鳥再次低頭懇求。

「閉嘴，你這得寸進尺的笨鳥。你再不出去，我就要把你煮成早餐囉！」高修用力地踩了一下地板。

布穀鳥嚇得想從窗戶飛出去，卻一頭撞上玻璃，跌到地板上。

「真是笨啊，竟然撞到玻璃。」高修連忙起身，想幫布穀鳥打開窗戶，但那扇窗戶原本就不太好開。當高修試圖沿著窗框，慢慢將窗戶打開時，布穀鳥再一次撞上玻璃，跌到地板上。仔細看，就會發現牠嘴邊流了一點血。

「我在幫你開了，你等一下嘛。」高修好不容易打開一點點窗戶的時候，布穀鳥站起來，像是下定決心要飛向窗外那片東邊的天空般，用盡全身的力氣揮動翅膀。當然，這次撞上玻璃的力道更強，只見牠跌到地上後一動也不動，就這樣躺了好一陣子。高修想抓起布穀鳥，讓牠從大門飛出去，但就在他伸出手的時候，布穀鳥突然睜開眼睛，又打算往玻璃的方向飛去。高修還沒來得及思考，就抬起腳往窗戶踢去。霎時，窗戶伴隨玻璃碎裂的聲音掉落在屋外。接著布穀鳥就像一支箭，從空洞洞的窗戶飛出去，飛得又高又遠，直到完全看不見蹤影。高修怔怔地望向屋外，過了好一會兒，才倒臥在屋裡的角落，就這樣睡著了。

隔天晚上，高修仍練習到半夜。在他覺得疲倦，停下來喝一杯水的時候，突然又有人敲門。

高修心想，今天來的不管是誰，他都要像嚇唬布穀鳥一樣立刻把對方趕走。他握著水杯，等待對方走進屋裡。門微微開啟，走進屋裡的是一隻小狸貓。高修將門再打開一些，用力地跺腳，並對著小狸貓大吼：

「喂，狸貓，你知道有一種湯叫狸貓湯嗎？」端坐在地板上的小狸貓聽了之後，歪著頭茫然地想了一會兒。之後牠說：

「我不知道什麼是狸貓湯。」高修看著牠的臉，忍不住噗哧一聲，隨即強迫自己擺出可怕的表情說：

「讓我告訴你吧。把你們狸貓跟高麗菜一起煮成湯，用鹽調味後讓我吃進肚子裡，這就是狸貓湯。」小狸貓露出不可思議的神情說：

「可是我爸爸說高修先生是好人，一點都不可怕，要我來跟你學呀。」高修終於忍不住笑了出來。

「要學什麼？我很忙，而且我很睏了。」

小狸貓起身，用力地往前走一步。

「我在樂團裡負責打小太鼓，他們要我來學怎麼打拍子。」

「可是我沒看見小太鼓啊。」

「有啊，這個。」小狸貓從背後拿出兩根鼓棒。

「你拿鼓棒做什麼？」
「請你演奏〈快樂的馬車伕〉。」
「〈快樂的馬車伕〉是即興演奏的爵士樂嗎？」
「啊，樂譜在這裡。」小狸貓又從背後拿出一張樂譜。高修接下樂譜後笑了。
「嗯……還真是奇怪的歌呀。好，我要開始囉。你會打小太鼓吧？」高修非常好奇小狸貓會怎麼做，他一邊偷瞄小狸貓一邊開始演奏。
想不到小狸貓配合拍子，拿起鼓棒就往大提琴上敲。因為小狸貓的表現很好，高修演奏起來也覺得這很有趣。
演奏過一遍後，小狸貓歪著頭陷入沉思。
接著牠做出一個結論。
「高修先生好像拉到第二條弦，拍子就會變慢，我每次都覺得卡卡的。」
高修嚇了一跳。他的確從前晚就感覺到，無論動作再怎麼迅速，這條弦都一定要過一會兒才會出聲。
「有可能，這大提琴很差勁。」高修悲傷地說。小狸貓很同情他，稍微想了一下之後說：
「到底是哪裡出問題呢？可以再請你演奏一次嗎？」
「好啊。」高修再度開始演奏。小狸貓也跟著敲打大提琴，並豎耳細聽。結束時，東邊的天空已經亮了。

「啊，天亮了，謝謝你。」小狸貓趕緊將樂譜與鼓棒收在背後，接著向高修行了兩三次禮，便匆匆地走出屋外。

高修呆坐著，感受自前晚玻璃破掉的那扇窗戶吹進來的風。之後為了恢復精神，連忙鑽進被窩裡，打算睡到要出發前往鎮上的那一刻。

隔天晚上，高修繼續徹夜練習大提琴，直到接近天明時分。他累到儘管手裡拿著樂譜，還是不斷打瞌睡。此時，又有人敲門。儘管聲音很微弱，但連續幾天晚上都發生相同的情況，因此高修一聽就知道那是敲門聲，於是他說：「進來吧。」走進屋裡的是一大一小兩隻老鼠，搖搖晃晃地走到高修面前。那隻小老鼠非常小，簡直只有橡皮擦那麼大，高修見狀不禁笑了。老鼠不知道為什麼被笑，只能繼續左搖右擺地前進，將一顆綠色栗子放在高修面前，行禮後說：

「醫生，我的兒子快要死了，請醫生大發慈悲，救救我兒子吧。」

「我才不是醫生呢。」高修有些不耐煩地說。老鼠媽媽起先低頭不語，之後毅然地說：

「騙人，醫生你不是每天都治好很多病人嗎？」

「我真的不知道妳在說什麼。」

「可是你治好兔婆婆的病、狸貓爸爸的病，就連那個壞心腸的長耳貓頭鷹都痊癒了，如果你不救我的兒子，實在太無情了。」

「喂喂喂，妳一定是搞錯了，我才沒有治過長耳貓頭鷹他們的病呢。頂多就是小狸貓昨天晚上來跟我合奏而已，哈哈。」高修驚訝地低頭看了看小老鼠並笑著說。

老鼠媽媽哭了起來。

「啊……這孩子要是早點生病就好了。明明一直到剛才都還能聽見琴音，沒想到這孩子一生病，琴音就停下來了。不管我怎麼祈禱，就是聽不見琴音……這孩子真是太不幸了。」

高修驚訝地說：

「什麼?意思是說，我拉的大提琴聲治好長耳貓頭鷹還有兔子的病嗎?」

老鼠媽媽用一隻手揉了揉眼睛說：

「對，最近大家只要生病，就會到醫生家的地板下接受治療。」

「這樣就能治好嗎?」

「對，聽說血液循環會變得很好，感覺非常舒服。有些人的病一下子就好了，有些人則是在回家後才痊癒。」

「原來如此，沒想到我拉大提琴的聲音，竟然有按摩的效果，可以治療你們的病。好，我知道了，那我就幫幫妳兒子吧。」高修稍微調了一下弦，接著一把將小老鼠放進大提琴的洞裡。

「我也要進去，每次到醫院看病，我都會陪著我兒子。」老鼠媽媽發狂似地大叫，不顧一切地想衝進大提琴裡。

「妳也要進去嗎？」

儘管老鼠媽媽很想鑽進大提琴的洞裡，但就連牠的頭只能塞進一半。

於是牠慌慌張張地對著小老鼠喊：

「你還好嗎？有沒有記得媽媽平常教你的——掉下去的時候要把腳縮起來呀？」

「有，我很好。」小老鼠從大提琴的底部回應，微弱的聲音就像蚊子在叫。

「沒事沒事，所以妳不要哭哭啼啼的。」高修把老鼠媽媽放到地板上，接著舉起琴弓，開始演奏狂想曲。老鼠媽媽一臉擔心地聽著琴音，之後彷彿再也承受不住地說：

「夠了，請讓我兒子出來吧。」

「什麼？這樣就好了嗎？」高修稍微傾斜大提琴，把手放在洞前面等著。不久後，小老鼠自己走出來。高修默默地把牠放在地板上。仔細一瞧，發現小老鼠的眼睛轉啊轉的。

「怎麼樣？身體還好嗎？」老鼠媽媽連忙問。

小老鼠完全沒有回應，只是閉著眼睛不停地發抖，接著忽然站起來跑來跑去。

「啊，我兒子的病好了。謝謝你，謝謝你。」老鼠媽媽立刻跟著小老鼠跑，隨即又回到原地，向高修一面行禮一面道謝：

「謝謝你，謝謝你……」

高修心中忽然湧現憐愛之情，他問：
「你們是不是會吃麵包呀？」
老鼠媽媽嚇了一跳，牠先四處張望了一會兒，接著說：
「不不不，雖然麵包是用小麥磨成的粉又揉又蒸做出來的，看起來好吃極了，可是我們從來沒有到你家的架子上過，更不用說你那麼照顧我們，我們怎麼會偷你的麵包呢……」
「我不是這個意思，只是問你們吃不吃麵包，所以說你們吃囉？等一下，我拿一些讓你們帶回去吃。」
高修把大提琴放在地板上，從架子上拿了一塊麵包，放在老鼠面前。
老鼠媽媽像個笨蛋一樣又哭又笑又行禮的，接著小心翼翼地把麵包拿起來，往小老鼠後頭追去。
「啊……跟老鼠講話還真是累人啊。」高修一倒在床上就睡著了。
六天後的晚上，金星交響樂團的團員聚集在鎮上公會堂音樂廳後方的休息室裡，每個人手裡都拿著擦得亮晶晶的樂器，表情看起來都好緊張。最後一行人終於登上舞台，完美地演奏了〈第六號交響曲〉。觀眾席掀起一陣陣如暴風般的掌聲。回到休息室後，團長就像沒有聽見掌聲一般，將手放在口袋裡緩緩地走在團員之間，其實他心裡高興極了。有的團員用火柴點燃嘴裡叼著的香菸、有的團員將樂器收進箱子裡。

觀眾席又傳來掌聲，而且聲音越來越高，感覺有點可怕。胸前別著白色大蝴蝶結的司儀走進休息室說：

「接下來是安可時間，能不能請樂團表演一些短短的曲目呢？」

團長面露不悅地說：「才剛結束這麼大型的交響曲，之後不管表演任何曲目，我都無法接受。」

「那就請團長出來打聲招呼吧。」

「不要。喂，高修，你去表演一首曲子吧。」

「我嗎？」高修整個人呆住了。

「對，就是你。」第一小提琴手忽然抬起頭說。

「去吧。」團長說。其他團員把大提琴塞進高修懷裡，門一打開，就把高修推到舞台邊。高修拿起破舊的大提琴，一臉困惑地站到舞台上。沒想到觀眾一看見他就響起如雷般的掌聲，甚至還有人大喊「哇——」。

「哼，竟然這麼看不起人！好，你們走著瞧，我就拉〈印度的獵虎人〉給你們聽！」高修冷靜地走到舞台正中央。

接著高修就像那天花貓到他家一樣，拿出憤怒大象的氣勢演奏起〈印度的獵虎人〉。但觀眾的反應跟花貓完全不同，觀眾們寧靜地聆聽著高修的演奏。高修不斷演奏，花貓身上冒出火花的部分過了、花貓不停撞門的部分也過了。

結束後，高修完全不敢看觀眾，就像那隻花貓一樣，頭也不回地逃進休息室裡。沒想到團員和其他團員大家都像經歷一場火災般，茫然自失地坐著。高修自暴自棄地穿過團員之間，用力地坐在另一頭的長椅上。

接著大家一同望向高修，表情異常認真，看不出絲毫嘲笑之意。

「今天晚上好奇怪……」高修心想。

不料團長站起來說：

「高修，真是太棒了！這樣的曲子竟然能讓大家如此著迷。你在這一星期或十天內真是突飛猛進。十天前的你和現在相比，簡直就是嬰兒與軍人的差別。所以說有志者，事竟成啊。」

其他團員也都站起來對高修說：「真的表現得很棒！」

團長繼續說：「因為你很健康，才能撐住這樣的練習；如果是一般人，只怕早就死了吧。」

那天深夜，高修回到家裡。

他一如往常，大口大口地喝水。接著打開窗戶，凝視遙遠的天空，心想那天飛走的布穀鳥總應該飛得遠遠去了吧。

「布穀鳥啊，那時候真抱歉，我不該對你那麼兇的。」他說。

賢治小專欄❺

宮澤賢治紀念館&宮澤賢治童話村

宮澤賢治紀念館於一九八二年（宮澤賢治逝世五十周年）設立於賢治的故鄉岩手縣花卷市，目的在於讓更多人能夠理解賢治深遠的思想、詩歌、童話、教育與農村活動，以視覺呈現的方式來展現其全體樣貌。

紀念館裡頭收藏了賢治的照片，以及諸多創作的親筆原稿、賢治描繪的水彩畫、愛用的大提琴等珍貴的遺物。除此之外，還有「大銀河系圓頂圖」、「岩石標本」等足以讓人感受「賢治世界」的設施與展示品。「企劃展示專區」也會定期進行賢治或其作品的相關展覽。

鄰近的宮澤賢治童話村設立於一九九六年，為紀念賢治的生誕一百周年。村內可以看到賢治童話內的場景，例如《要求很多的餐館》的山貓軒、〈銀河鐵道之夜〉的天鵝站、以影像與音響表現童話世界的「賢治學校」，在此可學習到賢治童話裡出現的動植物相關知識。其他還有散步用的「精靈小徑」或「貓頭鷹小徑」等。

＊宮澤賢治紀念館

地　　址：花卷市矢沢 1-1-36
開館時間：上午八點三十分至下午五點
閉 館 日：十二月二十八日至一月一日
入館門票：小中學生 150 圓／高校生 ・ 學生 250 圓／一般 350 圓

＊宮澤賢治童話村

地　　址：岩手縣花卷市高松 26-19
開館時間：上午八點三十分至下午四點半
全年無休
入館門票：350 圓，與紀念館的套票 550 圓

交通：

JR 新花卷站，搭乘岩手縣交通巴士花卷站方向 5 分鐘，在賢治紀念館口下車，徒步 5 分鐘

JR 花卷站，搭乘岩手縣交通巴士新花卷站方向 20 分鐘，在賢治紀念館口下車，徒步 5 分鐘

卜多力的一生

當卜多力拿出那本小小髒髒的筆記本，柯波博士打了一個好大的呵欠，才彎下腰凝視卜多力的筆記本。卜多力甚至以為筆記本會被博士吸進去呢。

卜多力的一生

一、森林

顧思柯卜多力出生在伊哈托威的森林裡。他的爸爸——顧思科納多里是個有名的伐木師。無論多麼高大的樹木，他都能輕鬆砍下，就像哄小孩入睡一般。

卜多力有個妹妹名叫奈莉，他們每天都在森林裡玩耍，甚至會走到能聽見爸爸伐木聲的深處。他們在那裡摘下木莓的果實，用湧泉清洗。或者對著天空，模仿金背鳩的叫聲。每次他們這麼做，四處就會傳來「咕咕咕」的鳥鳴。

媽媽在家門前那塊小小的麥田裡播種時，他們會在路上鋪草蓆坐著，用馬口鐵的鍋子煮蘭花。每當這麼做，就會有各式各樣的鳥兒飛過他們頭頂打招呼。

自從卜多力到學校上課之後，森林的中午就變得十分冷清。但一到了下午，卜多力就會和奈莉一起用紅色黏土、煤末在森林裡的樹幹上寫上樹名，或高聲歌唱。

他們曾經在啤酒花藤蔓自兩旁延伸成一道大門的白樺木上寫：

「禁止布穀鳥通過。」

在卜多力十歲、奈莉七歲那年，不知道為什麼，太陽從春天開始就白得很奇怪。往年雪融時分，白花辛夷就會綻放白色的花朵，但那一年完全沒有動靜。即使到了五月，仍經常雨雪霏霏。到了七月底，天氣依舊沒有變熱，去年播種的麥子只長出沒有結實的白穗，大部分果樹也都只開花，還沒結果就枯萎了。

秋天，板栗樹上只看得見綠色的毬果。大家用來當作主食的重要穀物——稻米也完全沒有收成。原野上一片混亂與騷動。

卜多力的爸爸媽媽經常帶著木柴到原野上交易，冬天還會用雪橇運送巨大的木頭到鎮上去，但每次的結果都令人大失所望，只能換到少許的麵粉。即使如此，他們還是撐過了那年冬天。然而隔年春天，就算在麥田裡播下珍貴的種子，情況還是與前年完全相同。就這樣，饑荒在秋天越演越烈。那段時間，卜多力不曾到學校上課，爸媽也完全放棄了工作。他們經常不安地討論未來，而且輪流到鎮上交易，帶一點點小米或者其他食物回來。如果那天一點收穫也沒有，爸媽的神情就會非常憂鬱。一家人靠著吃橡樹果實、野葛、蕨類的根還有柔軟的樹皮，捱過整個冬天。到了春天，爸爸媽媽似乎罹患了嚴重的疾病。

有一天，爸爸抱著頭不斷沉思，他想了又想、想了又想，接著忽然起身說：

「我去森林裡繞一繞就回來。」之後便搖搖晃晃地走出家門。天黑以後，爸爸還是沒有回來。無論卜多力和奈莉再怎麼問媽媽：「爸爸怎麼了？」媽媽也只是看著他們，不發一語。

隔天傍晚，森林漸暗的時候，媽媽起身往火爐裡添加木柴。屋裡瞬間一片明亮，媽媽告訴兩兄妹她要去找爸爸，要他們待在家，還交代櫃子裡的麵粉要省著點吃。媽媽和爸爸一樣，搖搖晃晃地走出家門。當卜多力和奈莉哭著追上去，媽媽卻回過頭斥罵他們：

「你們這兩個不聽話的孩子！」

接著踉蹌地快步走進森林。卜多力和奈莉來回哭喊了好幾次，最後終於再也忍不住，一同走進黑漆漆的森林裡。兩人膽戰心驚地在啤酒花門前、湧泉附近呼喚媽媽。星星的光芒穿過森林的樹蔭，一閃一閃地，彷彿像是在說些什麼。耳邊不時傳來受到驚嚇的小鳥在黑暗中飛行的聲響，卻完全聽不見絲毫人的氣息。最後兄妹倆只好回家。一走進家門，便立即昏睡過去。

直到下午，卜多力才睜開眼睛。

他想起媽媽說的麵粉，便打開櫃子查看，裡頭還有許多裝在袋子裡的麵粉與櫟樹果實。卜多力把奈莉搖醒，兩個人一起吃麵粉，並將木柴放進火爐裡，就像爸爸媽媽還在的時候一樣。

二十天後的某一天，門口忽然傳來：

「你好，有人在嗎？」的問候聲。卜多力心想是不是爸爸回來了，連忙飛奔出去看。門口站著一個眼神銳利的男人，男人揹著一個籠子。接著從籠子裡拿出圓圓的麻糬，隨意拋在地上說：

「我來拯救這裡的饑荒，來，快點吃吧。」卜多力和奈莉不知該如何是好。

「來，吃呀，吃呀。」男人又說了一次。當卜多力和奈莉小心翼翼地吃起麻糬，男人凝視著他們說：

「你們是好孩子，但光是好孩子沒有用，跟我走吧。不過……男生比較強壯，而且我一次沒辦法帶兩個人走。喂，妹妹，這裡沒有吃的了，妳跟叔叔到鎮上去，這樣每天都可以吃到麵包哦。」男人一把將奈莉放進籠子裡，喊了兩聲：

「哦哦嘿咻嘿咻、哦哦嘿咻嘿咻。」便像一陣風般離去。奈莉此時終於放聲大哭，卜多力也哭喊道：

「小偷！小偷！」卜多力努力追上前去，但男人已經穿過森林，跑到另一邊的草原了。卜多力再怎麼追，也只能聽見奈莉微弱的哭聲。

不斷哭喊的卜多力一直追到距離森林很遠的地方，終於累得不支倒地。

二、蠶絲工廠

當卜多力睜開眼睛，上方傳來這樣的聲音：

「你終於醒了。你以為還在鬧饑荒嗎？起來幫我工作吧。」缺乏抑揚頓挫的語調令人反感。那是一個戴著茶色尖頂帽，穿著襯衫加外套的男人。男人手裡拿著的似乎是鐵絲。

「饑荒已經過了嗎？工作？什麼工作？」

卜多力問。

「掛網子。」

「這裡可以掛網子嗎？」

「可以啊。」

「掛網子要做什麼呢？」

「養蠶取絲啊。」卜多力仔細一看，有兩個男人沿著梯子爬上卜多力前方的板栗樹，奮力地把網子拋出去後調整位置。但別說網子了，卜多力就連絲線都看不到。

「那個真的可以養蠶嗎？」

「當然。喂，你這小孩真囉嗦，別老說觸霉頭的話。如果不能養蠶，我怎麼會在這裡蓋工廠呢？而且很多人，包括我在內，都是靠養蠶過活的，所以不用懷疑。」

卜多力好不容易才用乾啞的聲音說：

「我知道了……」

「我已經把這整片森林都買下來了，如果你不留下來工作，就到其他地方去吧。只不過現在無論到哪裡，你都得餓肚子就是了。」

卜多力快要哭出來了，但他還是忍住眼淚：

「那我留下來工作，可是我不會掛網子。」

「我當然會教你啊，就是……」男人用雙手伸展手裡籠子狀的鐵絲。

「只要這樣，籠子就會變成梯子。」

男人大步走向右邊的板栗樹，把梯子放在下方。

「你拿著網子爬到樹上去。來，試試看。」

男人把一顆奇妙的球交給卜多力。無可奈何的卜多力只好拿著球爬上梯子。只是他爬得越高，梯子就變得越窄，眼看梯上的鐵絲就要陷入他手腳的肌肉了。

「再爬高一點，高一點、再高一點、再高一點。好，把剛才那個球丟出去。越過板栗樹，把球丟到半空中。怎麼了？你在發抖啊？真是沒用啊。快點丟，丟啊。快丟。」

卜多力在無計可施的情況下，只好用力把球拋向藍天。拋出去的瞬間，眼前突然一片黑，頭下腳上地自樹上跌落。男人一把接住他，把他放在地面上。接著罵道：

「你這個沒用的傢伙，怎麼會這麼柔弱呢？如果我沒接住你，你的頭現在已經裂開啦。我是你的救命恩人，以後別再對我出言不遜了。快，爬到另一棵樹上去，再過一會兒就給你吃飯啦。」男人給了卜多力一顆新的球。卜多力沿著梯子爬到另一棵樹上，把球拋出去。

「很好，丟得很好。來，這裡還有很多球。不要偷懶，每棵板栗樹都可以爬。」

男人從口袋裡拿出十顆球交給卜多力，便迅速走到另一頭去了。卜多力才丟了三顆球，就已經氣喘吁吁，覺得全身無力。他想要回家，但往家的方向一看，才驚訝地發現房屋多了一根紅色的煙囪，門口還掛著「伊哈托威蠶絲工廠」的招牌。方才那個男人手裡拿著香菸，從他們家走出來。

「小朋友，我幫你拿吃的來了。吃飽了，就趁天還沒黑繼續工作啊。」

「我不要工作了，我要回家。」

「家？你是說那間房子嗎？那裡不是你家，是我的蠶絲工廠。因為我已經把整片森林都買下來了，包括那間房子。」

卜多力自暴自棄，默默吃了男人給他的麵包，接著又到樹上丟了十顆球。

那天晚上，卜多力蜷起身子，睡在蠶絲工廠——那曾經是自己家的房子——的一個小角落。

男人和三四個卜多力不認識的人一邊往火爐裡添柴火一邊喝酒聊天到深夜。

隔天一早，卜多力就到森林裡重複前一天的工作。

日復一日，就這樣過了一個月。當整個森林的板栗樹掛滿網子，養蠶的男人會將五六片放滿栗子狀物體的木板吊在樹上。當樹木一發芽，整個森林裡綠意盎然。接著，大量的蠶寶寶就會沿著線，自吊在樹上的木板一隻隻爬到樹枝上。

自從不需掛網子後，卜多力與其他人每天都要去砍木柴。木柴在房子四周堆成一座座小山。當板栗樹開滿如藍白絲繩般的白花，樹枝上的蠶看起來就跟白花一模一樣。那些蠶將整座森林的板栗樹的葉子啃得精光。

不久，蠶開始吐絲結出大大的黃繭。

之後，養蠶的男人發狂似地使喚卜多力與其他人將繭摘下放進籠子裡。接著放進鍋裡煮，用手轉動鼓輪以收集蠶絲。眾人轉著三架鼓輪，不分晝夜地收集蠶絲。當黃色的蠶絲堆滿半間小屋，許多白色大蛾陸陸續續地從外頭還沒採收的繭飛出來。養蠶的男人變得面目猙獰，不但自己投入收集蠶絲的工作，還從原野那邊帶了四個人來幫忙。破繭而出的蛾一天比一天多，最後整個森林看起來就像大雪紛飛一樣。之後，六七輛馬車前來將至今收集的蠶絲載到鎮上，每輛馬車都會載走一個人。最後一輛馬車離開前，養蠶的男人對卜多力說：

「喂，我在房子裡準備了足夠讓你吃到明年春天的食物，這段時間，你就負責看守森林還有工廠啊。」

男人露出詭異的笑容，就這樣坐上馬車走了。

卜多力怔怔地站在原地。房子裡髒兮兮的，彷彿被暴風雨侵襲過一般；森林裡也亂糟糟的，好比遭受祝融的肆虐。隔天，卜多力開始整理房子的時候，發現那個男人老是坐著的位置有一個老舊的紙箱，裡頭塞了十本左右的書。有些書畫了許多蠶絲與機械的圖、有些書寫著各式各樣花草樹木的名字，有些書的內容太難，卜多力完全看不懂。

卜多力照著書依樣畫葫蘆，認真學習寫字、畫圖，就這樣渡過那個冬天。

到了春天，那個男人帶著六七個新的手下，衣著華麗地回到森林裡。隔天，卜多力又開始像去年一樣不停地工作。

等掛滿網子、吊上黃色木板，蠶也爬到樹枝上後，卜多力與其他人又得去砍木柴。某天早上，當他們在砍木柴的時候，忽然感覺地面一陣搖晃，遙遠的地方傳來「碰——」的聲響。

不久以後，太陽瞬間變暗，細小的灰塵自天空紛紛落下，森林裡一片雪白。卜多力與其他人蹲在樹下，而養蠶的男人氣急敗壞地跑過來說：

「糟糕糟糕，火山爆發了，火山爆發。那些火山灰蓋住蠶，蠶都死了，大家也快點逃吧。喂，卜多力，你想留下來也無所謂，但我這次可不會留食物給你了哦。而且留在這裡實在太危險了，我勸你還是逃到原野上吧。」

男人話才說到一半就飛也似地逃跑了。卜多力回到工廠時，已經不見半個人影。沮喪的他只能循著大家的足跡，踏著地上的火山灰，往原野的方向前進。

三、沼田

卜多力朝著鎮上的方向，在滿是火山灰的森林裡走了半天的路程。每當風吹過來，火山灰就會自樹上吹落，像煙又像雪。越靠近原野，堆積的火山灰就越薄，最後終於看見花草樹木。但人們的足跡到此也就中斷了。

走出森林的時候，卜多力不禁瞪大雙眼。原野從他跟前延伸到遙遠的雲端，看起來就像是三張分別由桃色、綠色與灰色繪製而成的美麗卡片。他換個角度觀察，桃色是一片低矮的花叢，蜜蜂穿梭其中；綠色是帶有小小花穗的草原；灰色則是淺淺的沼澤。每種顏色以狹窄的土埂區隔開來，人們利用馬匹進行挖掘、翻整的工作。

卜多力又走了一段路，看見路中央有兩個人大聲交談，像是在爭論些什麼。右邊那個蓄著紅鬍鬚的男人說：

「不管怎麼樣，我已經決定要這樣施肥了。」

另一個身材高大、戴著白色斗笠的老爺爺卻說：

「我說不好就是不好。你之前那樣施肥，說是能讓稻米盛產，結果連一顆米都沒有啊。」

「不，我預測今年的氣溫一定是過去三年的總和，所以光是今年一年，就可以補齊三年分的收成。」

「不好不好，快點打消這個念頭。」

「我不會放棄的。我已經埋了花，接下來還要加六十片豆玉[14]、一百馱[15]雞糞。時間緊迫，又這麼多事情要做，就連菜豆的藤蔓也想試試看。」

卜多力想也沒有多想就走過去行禮。

「可以讓我做這份工作嗎？」

兩個男人驚訝地抬起頭，用手抵著下巴打量了卜多力好一會兒。紅鬍鬚的男人突然笑了出來。

「很好，那你就負責拉馬吧。現在就跟我來。會不會成功，秋天就知道了。走吧。現在真是連菜豆的藤蔓也想試試看。」紅鬍鬚的男人一會兒對著卜多力，一會兒對著老爺爺說話，接著起身向前走。老爺爺目送他們離開時喃喃自語：

「不聽老人言，吃虧在眼前啊。」

接下來的每一天，卜多力都在讓馬翻整沼田。桃色的卡片、綠色的卡片漸漸消失，全都變成了沼田。馬在翻整時，經常將泥水打在卜多力臉上。他在一個接一個的沼田裡工作，每天度日如年。到最後，就連自己是不是在走路都不知道，甚至覺得泥巴嚐起來像糖果、汙水是熱湯。每當陣陣風兒吹來，附近的泥水波光粼粼，就連遠處的泥水也閃耀著銀色光芒。看起來又酸又甜的雲朵在藍天裡慢慢

14 大豆榨油後的豆渣。
15 「一馱」指的是「一匹馬可以承載的重量」。

地悠閒流動，讓人好生羨慕。

二十天後，所有沼田都經過徹底的翻整。隔天一早，主人就興奮地和四處召集來的人們，在沼田裡插上短槍般的稻秧。插秧的工作持續了十天。之後，主人每天帶著卜多力他們外出，到至今曾經前來幫忙的人家裡工作。結束一輪後，又回到自己的沼田除草，日復一日。儘管隔壁的沼田呈現一片淡綠色，主人的稻秧長大後卻變成黑色的。自遠處看，雙方的沼田壁壘分明。除草的工作持續了七天，接著他們又到各個人家去工作。

一天早上，主人帶著卜多力經過自己的沼田，忽然大叫一聲便呆立在原地。仔細一看，主人的嘴脣發白，雙眼直瞪著前方。

「生病了……」主人好不容易才吐出三個字。

「您頭痛嗎？」卜多力問。

「不是我，是稻子，你看。」主人指著前方的稻子。卜多力蹲下去看，發現每株稻子的葉片都出現前所未見的紅色斑點。灰心的主人默默察看整片沼田，接著往回家的方向走，卜多力一臉擔心地跟在後頭。主人回到家後用水沾濕毛巾，擰乾放在頭上，一下子就在地板上睡著了。不久後，主人的太太從外頭衝進來喊道：

「稻子真的生病了嗎？」

「嗯，已經沒救了。」

「真的沒救了嗎？」

「沒救了，就跟五年前一樣。」

「我早就跟你說過不要這樣施肥嘛，爺爺不是也一直阻止你……」

太太泣不成聲地哭了起來。沒想到主人剎時恢復精神，站起來大喊：

「好！我可是伊哈托威原野屈指可數的大農家，怎麼能這樣就認輸呢！明年我一定會捲土重來！卜多力，你到我們家之後，還沒有好好睡上一覺吧？來，睡吧，看你要睡五天還是十天都可以，好好地睡吧！之後我會在那片沼田裡，變個有趣的魔術給你們看。不過今年冬天只能吃蕎麥了，你喜歡蕎麥吧。」主人說完便戴上帽子，匆匆地離開家門。

卜多力原本打算照主人說的到倉庫裡睡覺，但他實在很擔心沼田，於是又悄悄地來到沼田邊。已經先到的主人獨自站在土埂上，雙手抱胸。卜多力發現沼田裡都是水，只能勉強看見稻子的葉片，水面上浮著一層發亮的煤油。主人說：

「我現在要用悶的，根除這種疾病。」

「煤油可以殺死病源嗎？」聽到卜多力的問題，主人說：

「如果用煤油澆頭，就連人都會死掉。」還邊做出呼吸停止、脖子緊縮的樣子。

此時，隔壁主人——他的沼田位於水道下游——氣呼呼地衝過來大罵：

「你為什麼要在水裡面加油？油都流到我的田裡了！」

自暴自棄的主人異常冷靜地說：

「為什麼要在水裡面加油？因為稻子生病了，所以我才在水裡面加油。」

「可是這樣會流到我的田裡！」

「為什麼會流到你的田裡？因為水會流過去，油當然也會流過去啊。」

「那你就想辦法堵住水道，讓水不要流到我的田裡啊！」

「為什麼我不想辦法堵住水道，讓水不要流到你的田裡？因為那不是我的水道，所以我不能擅自把它堵住啊。」

憤怒的男人越來越氣，氣到說不出話來。他冷不防地跳進水裡，用泥巴將自己的水道堵起來。主人面露微笑地說：

「那個男人很難相處。如果我先把水道堵住，他一定也會生氣，所以我才故意讓他自己把水道堵起來。只要那邊堵起來，今天晚上水就會蓋過整株稻子。好，我們回去吧。」主人逕自起身，大步邁向回家的路。

隔天一早，卜多力跟著主人來到沼田邊。主人自水中取出一片葉子仔細檢查。從他的表情看來，情況並沒有好轉。第三天還是一樣，第四天也是如此。第五天一早，主人下定決心說：

「卜多力，我要來種蕎麥了。你到隔壁去疏通一下水道。」

卜多力依照主人吩咐疏通水道後，加了煤油的水便一口氣湧進隔壁的沼田裡。卜多力才心想，隔壁主人一定又會生氣；就看見當事人拿著大把鐮刀走過來：

「喂，你為什麼又讓油流到我的田裡！」

主人低沉地回應：

「讓油流到你的田裡不好嗎？」

「稻子會死掉啊！」

「你看看我沼田裡的稻子，已經泡在油裡四天了，也沒有死啊。我的稻子變紅是因為生病，但能屹立不搖就是因為這些煤油。你的稻子只有泡到一點點，說不定會更健康呢。」

「你是說像肥料一樣嗎？」隔壁主人的表情稍微柔和了一些。

「像不像肥料，我不知道。不過煤油好像跟油不一樣……」

「煤油也是油嘛。」男人笑著說，態度出現一百八十度的轉變。主人沼田裡的水逐漸退去，露出整株稻子。稻子表面佈滿如燒傷般的紅色斑點。

「來，我的稻子要收割啦。」

主人笑著說。之後主人和卜多力一起收割，收割完立刻播下蕎麥的種子，並蓋上泥巴。結果一如主人所說，那年冬天他們唯一的食物就是蕎麥。到了隔年春天，主人對卜多力說：

「卜多力，今年的沼澤比去年小了三分之一，工作會比較輕鬆。不過你要認真讀我兒子生前讀的書，種出健壯的稻子，讓那些笑我投機取巧的人刮目相看。」

主人將一疊書交給卜多力，卜多力只要工作得空就會讀書。其中又以「柯波」這號人物的思想最為有趣，卜多力反覆讀了好幾遍。當卜多力得知柯波即將在伊哈托威市開設一個月的講座，便興致勃勃地想要參加。

很快地，那年夏天卜多力就立下了大功——當稻子跟去年一樣生病時，卜多力用木灰、食鹽治好稻子的病。到了八月，每株稻子都開滿小小的白色的花，之後漸漸結成稻穀，隨著微風起伏搖擺。主人得意極了，逢人就驕傲地說：

「怎麼樣？你們這四年一直笑我投機取巧，看看，我光是今年一年，就有四年分的收成。不錯吧？」

但隔年卻事與願違。才要插秧，就連一滴雨也沒有，不僅水道乾枯，沼澤也出現裂縫。秋天收成的稻米只夠吃上一個冬天。原本主人打算隔年繼續努力，沒想到隔年乾旱依舊。自此以後，儘管主人想東山再起，資金也不夠，別說施肥了，就連馬匹、沼田都得慢慢變賣。

秋天裡的某一天，主人痛苦地對卜多力說：

「卜多力，我曾經是伊哈托威的大農家，賺了不少錢。但經過這幾年的寒害與旱災，我的沼田只剩下以前的三分之一，明年也沒有辦法施肥。不只我，現在伊哈托威能買肥料的人寥寥無幾。再這樣下去，我連答謝你幫我工作的禮金都付不出來了。你年輕力壯，留在我這裡實在太可惜了。抱歉，你帶著這些到別的地方碰碰運氣吧。」主人給了卜多力一袋錢、新的藍色麻布衣及紅色皮鞋。

卜多力忘了至今的種種辛勞，原本只想留在這裡工作，不求任何回報。但仔細想想，現在的工作量的確比以往少了許多，於是他決定告別照顧他六年的主人。

臨走前，他不斷向主人道謝，之後便往車站的方向走去。

四、柯波博士

卜多力走了兩個小時才抵達車站。他買了車票，搭上前往伊哈托威的火車。火車飛奔過數塊沼田，不斷地向前進。窗外的景色瞬息萬變，就連那幾座黑森林，火車也迅速將它們拋在遠遠的後方。卜多力心中充滿了各種想法。他希望早點抵達伊哈托威市，見到書裡介紹的人物——柯波。如果可以，自己想一邊工作一邊讀書，學習如何讓每個種田的人輕鬆就能豐收，甚至學習如何消除火山灰、旱災、寒害等災害。一想到這裡，他甚至覺得火車走得太慢。那天下午，火車抵達伊哈托威市。卜多力一踏出車站，聽到地底傳來的隆隆聲、聞到混濁的空氣，看到街上來來往往的汽車，嚇得目瞪口呆地呆站在原地。好不容易回過神來，卜多力開始問附近的人如何前往柯波博士所在的學校，但無論是誰，一看見卜多力那極為認真的神情，都忍不住「噗哧」一聲笑出來。但大家給的都是「我沒聽過那間學校」、「要再走五六條街」等模稜兩可的答案。一直到接近傍晚，卜多力才終於找到那間學校，破舊的白色建築物二樓傳來洪亮的說話聲。

「你好。」卜多力大喊，但沒有人回應。

「你——好——」卜多力盡可能拉開嗓門大喊。接著，正上方的二樓窗戶探出一張灰色的大臉，臉上的眼鏡因反射光線而發亮。他對著卜多力大吼：

「現在在上課，不要吵。你有事就進來吧。」那個人說完，立刻把頭縮進室內。

儘管教室傳來哄堂大笑，他也完全不在意，繼續大聲講課。

卜多力毅然決然地走向二樓，盡可能避免發出腳步聲。他爬上樓梯，走到底看見一扇門，門是開著的。門後是間寬敞的教室，裡頭坐著滿滿的學生，他們的衣著形形色色。教室正前方是一面黑色的牆壁，上頭畫了許多白線，而剛才那個身材高大、戴著眼鏡的人正用手比劃塔樓模型的各個部分，向學生們說明。

卜多力只看一眼，就想到——啊……這就是書裡介紹的模型「歷史的歷史」。老師笑著轉動把手後，模型便「咕——」的一聲變成一艘奇妙的船；老師再稍微轉動把手，模型又變成一隻大大的蜈蚣。

學生們歪著頭，露出百思不得其解的表情；卜多力卻覺得有趣極了。

「這個的構造就像這張圖。」老師在黑色的牆壁上畫了許多圖。

老師左手拿著粉筆，振筆疾書；學生們認真地做著筆記。卜多力從懷裡取出一本髒髒的筆記本——之前他總是會帶到沼田裡讀，跟著依樣畫葫蘆。老師完成後，站在講台上環視學生。卜多力畫好後，便拿起來自各個角度觀察。此時，坐在他身旁的一個學生打了個呵欠。卜多力輕輕問道：

「請問這位老師是？」

學生聽了用鼻子輕笑一聲說：

「柯波博士啊，你不知道嗎？」接著上下打量卜多力。

「你竟然一開始就會畫這張圖啊，這門課，我都已經上六年了……」

學生說著說著，把筆記本收進懷裡。此時，教室裡的電燈忽然亮了起來——已經傍晚了，博士在講台上說：

「時間晚了，這門課也上完了。跟以前一樣，想參加測驗的人將筆記本拿到前面來給我看，接著回答幾個問題，我再幫大家評分。」學生們哇哇大叫，紛紛闔上筆記本。大部分學生離開教室後，剩五、六十個學生排成一列，一個一個經過博士面前，並打開筆記本讓博士過目。博士看了以後問了一兩個問題，接著用粉筆在學生衣領上寫下「可」、「再接再厲」、「發奮」等評語。博士寫評語的時候，學生們會擔心地縮起脖子。輕手輕腳走出教室後，再請其他學生幫忙確認評語。結果自然是幾家歡樂幾家愁。

測驗進行到剩下卜多力一個人。當卜多力拿出那本小小的髒髒的筆記本，柯波博士打了一個好大的呵欠，才彎下腰凝視卜多力的筆記本。卜多力甚至以為筆記本會被博士吸進去呢。

博士像是在品嘗佳餚般深深地吸了一口氣，接著說：「很好，這張圖非常正確。這旁邊寫的是……哈哈，原來是沼田的肥料還有馬的飼料。我問你，工廠的煙囪會產生哪幾種顏色的煙？」

卜多力想也沒想就大聲回答：

「黑色、褐色、黃色、灰色、白色、無色，而這些顏色有可能會混合在一起。」

博士笑了。

「無色的煙很好。那形狀呢？」

「如果沒有風，又有一定程度的煙，煙就會呈現柱狀，並在高處擴散開來。雲很低的時候，煙柱會跟雲結合並橫向擴散。如果有風，煙柱會變得斜斜的，傾斜的程度視風力而定。當煙呈現波浪狀或斷成好幾截，可能是因為風，也可能是受到煙或煙囪的習性影響。如果煙太少，看起來可能會像軟木塞。當中若含有比重較重的氣體，則有可能從煙囪口的一方或四方流瀉。」

博士又笑了。

「很好，你平常在做什麼工作呀？」

「我是來找工作的。」

「那我介紹一份有趣的工作給你。我給你一張名片，你現在就過去。」博士拿出名片，在上頭寫了一些字，接著交給卜多力。當卜多力向博士行禮，打算離開教室時，博士以眼神示意並低聲地喃喃自語：

「現在在燒垃圾啊……」博士將還沒有用完的粉筆、手帕還有書收進桌上的公事包裡，將公事包夾在腋下，從剛才他探出頭去的那扇窗戶一躍而下。卜多力驚訝地跑到窗邊，才發現博士跳進一艘小得像是玩具的飛行船裡，獨自操作方向盤，在雲靄瀰漫的半空中往前方直直飛去。卜多力怔怔地看著，很快地，博士就降落在遠方一棟灰色建築物平坦的屋頂上。博士將飛行船鎖起來便迅速走進建築物裡，身影就此消失。

五、伊哈托威火山局

卜多力拿著柯波博士給他的名片，沿途不斷問人，最後來到一棟茶色的大型建築物前。建築物後方有根高高的柱子，上頭的白色流蘇狀雕飾在夜空裡特別醒目。卜多力走上玄關、按下門鈴，立刻有人前來應門。那個人接過卜多力遞上的名片，看了一眼便立刻引領卜多力前往走廊盡頭的大房間。

房間裡有張卜多力從來沒看過的大桌子。一個髮絲微微泛白、氣宇軒昂的男人坐在正中央，耳朵貼著話筒並用筆記事。男人一看見卜多力走進房間，便用手指了指旁邊的椅子，接著繼續通話。

卜多力右手邊的牆壁，是一整面伊哈托威的俯瞰圖，上頭有美麗的彩色模型，無論是鐵路、城鎮、河川還是原野，都一目瞭然。在中央如背脊的山脈、沿海如邊緣的山脈，以及支脈形成數個島嶼的群山等處，都裝有紅色、橘色與黃色的小燈，不僅會變換顏色、出現數字，還會發出蟬鳴般「吱——」的聲響。牆壁下方的架子，上百台打字機般的機器排成三排，默默地運作著並不時發出聲響。當卜多力忘我地凝視著眼前的景象，男人放下話筒，從懷裡的名片夾抽出一張名片說：

「你就是顧思柯卜多力嗎？這是我的名片。」卜多力看了看名片，名片上寫著「伊哈托威火山局技師　貝內南姆」。看著因不善社交而顯得有些難為情的卜多力，貝內技師和藹可親地說：

「剛剛柯波博士有打電話過來。你之後就在這裡一邊工作一邊學習吧。雖然這裡的工作去年才開始，但責任十分重大。畢竟我們是在不知何時會爆發的火山上工作。光是看書很難掌握火山的習性，接下來要更努力才行。你的房間在那裡，今天晚上你就先休息，明天我再帶你參觀整棟建築物吧。」

隔天早上，貝內技師帶卜多力走過一個個房間，並詳細介紹各式各樣的器械與機關。這棟建築物裡的所有器械都連接著伊哈托威裡三百多座火山——包括活火山、休火山、死火山——只要火山冒煙、噴灰還是流出熔岩，都會化為數字、圖形，哪怕是表面寧靜的老火山，裡頭的熔岩、氣體，甚至是山形的改變，也都會呈現在這些器械上。若是出現劇烈的變化，模型就會發出不同的聲響。

從那一天起，卜多力便不分晝夜、全心全意地一面工作，一面跟著貝內技師學習所有器械的使用方式與觀測方法。兩年後，卜多力已經可以出外勤，跟其他人一同進入火山裝設或修理器械，並逐漸掌握伊哈托威裡三百多座火山的動靜。

伊哈托威每天有七十幾座活火山會冒煙、流出熔岩、五十幾座休火山會噴出各式各樣的氣體、湧出熱水，而一百六十幾座死火山裡，有些可能會再次甦醒。

有一天，卜多力與貝內技師一同工作時，南邊海岸一座名為「薩姆托里」的火山忽然出現異狀。貝內技師大叫：

「卜多力。薩姆托里一直都沒有動靜吧？」

「對，我從沒看過薩姆托里在活動。」

「啊……看來它快要爆發了。一定是因為今天早上的地震。薩姆托里市位於這座火山北邊十公里的地方，一旦爆發，整座山的三分之一就會往北邊流，到時候跟牛、桌子一樣大的熔岩就會伴隨火山灰、氣體一同吞沒薩姆托里市。看來我們只能從面海處鑽孔，試著讓氣體冒出來或讓熔岩流出來了。我們立刻去看看吧。」兩人立刻做好準備，搭上前往薩姆托里的火車。

六、薩姆托里火山

他們隔天一早抵達薩姆托里市，中午便登上靠近薩姆托里火山山頂，放有觀測器械的小屋。小屋位於薩姆托里山舊火山口外緣面海處的缺口，自小屋眺望窗外，會發現大海呈現藍色與灰色。幾艘汽船吐著黑煙，在海面上刻出數條銀白色的水路。

貝內技師默默地確認觀測器械，接著問卜多力：

「你覺得這座火山幾天後會爆發？」

「我想撐不到一個月。」

「別說一個月，就連十天都撐不了。我們動作得快一點，否則後果不堪設想。我覺得這座山的面海處，那裡最脆弱。」貝內技師指著山谷上方山腰間一片淡綠色的草地說。草地上倒映著流動的雲影。

「那裡的熔岩只有兩層，其餘都是柔軟的火山灰與火山礫。加上從這裡到那塊牧場的路很平整，運送材料也不成問題。我立刻來申請工作小組。」

貝內技師立刻聯絡局裡。就在此時，他們感覺腳下傳來微微的聲響，接著觀測小屋晃動了好一會兒。貝內技師離開器械說：

「局裡馬上會派工作小組來。這個工作小組有一半算是敢死隊，我從沒有處理過這麼危險的工作。」

「十天內可以完成嗎？」

「一定可以。安裝三天，從薩姆托里市發電廠拉電線到這裡，最多五天。」

貝內技師用手指數了一下，最後才安心地接著說：

「卜多力，我們泡一壺茶來喝吧。這邊的景色真美。」

卜多力點燃帶來的酒精燈，準備泡茶。天空裡的雲越來越多，加上太陽已經下山了，大海呈現寂寞的灰色。白色浪頭陣陣靠近火山的山腳邊。

突然，一艘眼熟的小飛行船自卜多力眼前飛過。貝內技師跳起來說：

「柯波來了！」卜多力也跟著衝出小屋。飛行船停在小屋左邊的大岩壁上後，身材高大的柯波博士便輕巧地跳下飛行船。博士花了一些時間在岩石上尋找裂縫，發現裂縫後，博士便迅速轉緊螺絲，將飛行船固定住。

「我來喝茶啦。晃得很厲害嗎？」博士笑著說。貝內技師答道：

「還沒，不過已經開始出現落石了。」

說時遲那時快，火山正好發出怒吼般的聲響。當卜多力覺得眼前一片空白，火山便搖啊搖地，晃動了好一陣子。柯波博士和貝內技師都蹲了下來，緊緊抓住岩石；飛行船也像乘風破浪般緩緩地搖晃。

地震好不容易才平息了下來。柯波博士起身後大步走向小屋。小屋裡，茶打翻了，酒精燃燒著藍色的火焰。柯波博士仔細確認器械，和貝內技師討論了許多事情，最後說：

「無論如何，明年一定要把所有潮汐發電廠都蓋好。蓋好之後，遇到這種情況就可以在一天內處理好。而且還要施放卜多力說的沼田肥料。」

「到時候乾旱就一點也不可怕了。」貝內技師也說。卜多力雀躍極了，簡直想一路跳舞直奔山頂。事實上，火山那時再次晃動起來，卜多力的確整個人跳到地板上。博士說：

「這次晃得很厲害，薩姆托里市一定也有感覺到。」

貝內技師接著說：

「看來剛才位於我們北邊一公里、地表下大約七百公尺處，差不多這間小屋六七十倍大小的岩塊掉進熔岩裡。直到氣體突破最後一道岩石，火山裡還有一百、甚至兩百個這種岩塊。」

博士沉思了一會兒。

「嗯，我先告辭了。」說完便走出小屋，輕巧地坐上飛行船。博士揮了揮燈光，向貝內技師與卜多力告別，之後繞過火山往另一頭飛去。貝內技師與卜多力目送博士離開後，回到小屋裡輪流休息與觀測。工作小組於天亮時抵達山麓，貝內技師讓卜多力留在小屋裡，獨自前往昨天指的那片草地。當風從下往上吹，卜多力就能清楚聽見大家的說話聲、金屬材料的碰撞聲。貝內技師會隨時通知卜多力目前的工作進度，並詢問氣體壓力、火山形狀是否有所變化。接下來的三天，無論是卜多力還是山麓的工作小組，每個人都在劇烈的地震與地鳴之中不眠不休地辛勤工作。到了第四天上午，貝內技師通知卜多力：

「卜多力，這裡準備好了，你快點下來吧。觀測器械再全部確認一次，確認完之後就放著。資料要全部拿出來，那間小屋今天下午就會消失啦。」

卜多力依照吩咐下山後，看見原本放在倉庫裡的大型金屬材料已經搭建成塔樓，等電流一來，各式各樣的器械就可以立刻開始運作。貝內技師忙得臉頰凹陷，工作小組的人也個個臉色蒼白，但眼神依舊炯炯有神。大家都笑著跟卜多力打招呼。

貝內技師說：

「好，走了。大家準備好就上車吧。」一行人聞言，迅速坐進二十輛汽車裡。

汽車排成一列，自山麓往薩姆托里市奔馳而去。貝內技師將車停在火山與薩姆托里市兩地中央，對大家說：「在這裡搭帳篷，大家先睡一下吧。」大家話也沒有也多說，倒頭就睡。那天下午，貝內技師放下話筒後大喊：

「電線到了。卜多力，開始吧。」貝內技師打開開關。卜多力與其他人走出帳篷，凝視薩姆托里的腹地。原野上滿是盛開的白色百合，而薩姆托里火山就聳立在遙遠的那端。

很快地，薩姆托里火山左邊山麓開始晃動。蕈狀的黑煙一噴出來便直達天際，而火紅的熔岩自煙的底部流出，才一眨眼的工夫就擴散成扇形，流進海裡。此時，地面出現劇烈的晃動，百合花也跟著搖擺。突然一聲巨響，音量大得幾乎可以將眾人擊垮。緊接著，風呼地一聲吹了過去。

「成功了！成功了！」大家指著遠方高聲叫道。薩姆托里火山的黑煙四散，覆蓋了整片天空，天空頓時暗了下來。滾燙的碎石不斷落下，大家隨即躲入帳篷。儘管還是有些擔心，但貝內技師確認時間後說：

「卜多力，我們還是成功了。雖然還有些火山灰，但危機已經解除了。」碎石逐漸化為灰燼，而且越來越少。大家再次衝出帳篷。放眼望去，原野是一片無邊無際的灰。灰積了一寸高，完全看不到摧折的百合花，天空也變成奇異的綠色。薩姆托里火山山麓出現小小的隆起，不斷冒出灰色的煙。

那天傍晚，大家踩著火山灰與碎石爬上山，將新的觀測器械裝設好便各自回家了。

七、雲海

接下來四年，他們依照柯波博士的計劃，沿著伊哈托威的海岸設置兩百座潮汐發電廠，並依序在伊哈托威周圍的火山上修建觀測小屋與白色的金屬製塔樓。卜多力成為技師後，一年三百六十五天，大部份的時間都在巡邏這些火山。當火山出現危機，卜多力就要負責處理。

隔年春天，伊哈托威火山局在各城鎮張貼海報，內容是——

> 氮肥料施放通知
>
> 今年夏天，我們會在各位的田裡施放少許人造雨與硝酸阿摩尼亞，施放量為每一百平方公尺一百二十公斤。若平時有使用肥料的習慣，請計算後斟酌用量。如遇乾旱，我們會施放使作物不致枯竭的人造雨。以往因缺水而無法耕作的沼田，今年毋需擔心，請儘管進行插秧工作。

那年六月，卜多力有段時間待在位於伊哈托威正中央的伊哈托威火山山頂小屋。眼前是一片灰濛濛的雲海，伊哈托威全部的火山看起來就像一座座黑色的島嶼。一艘飛行船拖著長長的白煙，經過一座又一座的火山，彷彿在山峰搭了一座橋梁。隨著飛行船向前飛行，後頭的白煙越來越粗、越來越明顯，最後靜靜地沉入雲海。很快地，雲海看起來就像一張白色會發光的大網子，籠罩著每座火山。之後飛行船不再冒出白煙，而是在空中畫圓，看起來就像在跟卜多力打招呼。又過了一會兒，飛行船傾斜船頭，隱沒在雲海之間。

電話響起，是貝內技師的聲音。

「飛行船剛回來。下面已經準備好了，雨也開始下了。行動吧。」

卜多力一按下開關，方才那張以白煙組成的網子隨即閃耀美麗光芒，有桃色、藍色、紫色……讓人看了目不暇給。卜多力出神地凝視眼前的景象，直到光芒消失。隨著太陽慢慢西沉，雲海也暗下來，恢復灰濛濛的模樣。

電話再次響起。

「硝酸阿摩尼亞已經混進雨水裡了，分量剛好，移動情形也很不錯。再過四小時，就可以完成這個地區的工作。繼續努力吧。」

卜多力興奮到幾乎要跳起來。

想必蓄著紅鬍鬚的主人、隔壁那個懷疑石油是否能當成肥料的人……大家都在雲海下開心地聽著雨聲吧。明天早上，大家就會忍不住用手撫摸綠色的稻稈——啊，這簡直就像一場夢。卜多力眺望著一下變暗一下閃耀美麗光芒的雲海，獨自想像著。不知道是不是因為夏天的夜晚特別短，感覺一下子就天亮了。在忽明忽滅的電光間，雲海的東邊微微泛黃。

不過那是月亮，而不是太陽。黃色的月亮驀然現身。當雲海閃耀藍色的光芒，月亮就呈現出異樣的白色；當雲海閃耀桃色的光芒，月亮便彷彿笑逐顏開。卜多力已經忘了自己是誰、在做什麼，只是怔怔地凝視前方。

電話再次響起。

「這邊開始打雷了。網子好像斷了不少。做得太過火，明天報紙會指責我們的不是。差不多可以停下來了。」

卜多力放下話筒後豎起耳朵——雲海四處傳來細微的磨擦聲，仔細聽，那的確是破碎的打雷聲。

卜多力按下開關後，只剩下月光的雲海靜靜地向北邊流動。卜多力用毛毯包裹全身，沉沉入睡。

八、秋天

儘管跟氣候也有關係，那年農作物的收成還是達到近十年的高峰。火山局收到來自四面八方的感謝狀，以及給予鼓勵、肯定的信件。卜多力打從出生以來，第一次覺得自己的人生充滿意義。

然而之後發生了這麼一件事。卜多力有天前往塔奇納火山，在回程的路上經過一個小村落。那個村落的沼田已經收割，放眼望去光禿禿的一片。由於正好是中午，卜多力走進一間販售雜貨、點心的商店，打算以麵包果腹。他問：

「有賣麵包嗎？」店裡有三個打赤腳的人，喝酒喝得兩眼通紅。其中一人起身，給了卜多力一個奇怪的答案：

「有是有，但硬得跟石頭一樣，不能吃。」說完，三人看著卜多力的臉哄然大笑。卜多力很不高興地走出商店。他一出來，就看見一個理著平頭、身材高大的男人走向他。男人劈頭就說：

「喂，你就是今年夏天在空中用電灑肥料的卜多力吧？」

「是啊。」卜多力不以為意地回答。沒想到男人突然大叫：

「火山局的卜多力來了，大家快來呀！」

包括剛才那間商店裡的人，還有從田裡走過來的人。現場一下子就聚集了十八個農夫，每個人都露出不懷好意的笑容。

「混帳，你的電害我們的稻米全都死了。為什麼要這樣做？」其中一人說。

卜多力冷靜地說：

「死了？你們沒有看到春天張貼的海報嗎？」

「你這混帳。」另一個人把卜多力的帽子打飛，其他人就圍上來對卜多力拳打腳踢。卜多力被打得莫名其妙，最後甚至失去意識。

醒來後，卜多力發現自己躺在一張白色床鋪上，四周看起來像是醫院的病房，枕邊放著許多慰問的電報與信件。卜多力全身又痛又熱，動彈不得。所幸一星期後，卜多力的傷便近乎痊癒。原來是一個農業技師在指導農夫施肥時出錯，最後卻把稻米死亡的責任推給火山局，才引發這起事件。當卜多力在報紙上看見這則新聞，一個人在病房裡大笑。

一天下午，護士走進病房說：

「有位名叫奈莉的女性想要見您。」卜多力還以為自己在做夢，不久後，一個皮膚黝黑的農家婦人膽怯地走進病房。雖然外表丕變，那的確是被人從森林帶走的奈莉。兩兄妹沉默了好一陣子，卜多力才開口問奈莉在那之後發生了什麼事。奈莉以伊哈托威農家的口音與語氣，娓娓道出她這段日子的經歷。男人將奈莉帶走後三天，似乎開始覺得麻煩，於是把她丟在一個小牧場的附近，就此不見蹤影。

奈莉邊走邊哭，牧場主人看她可憐便收留她，讓她幫忙照顧嬰兒。奈莉長大後變得很能幹，什麼活都能做。三四年前，嫁給牧場主人的大兒子。她說往年自己都得將廄肥運到很遠的田地，但今年託施放肥料的福，她省了非常多力氣。無論是離家較近的蕪菁，還是較遠的玉米，收成都非常好，所以全家人都很開心。她好幾次和丈夫一起到森林裡去，卻都敗興而歸，不僅小時候住的房子破爛不堪，也遍尋不著卜多力。昨天，她丈夫在報紙上看見卜多力受傷的新聞，才終於能和哥哥重逢。卜多力答應奈莉，傷好了以後一定會去他們家道謝。之後奈莉就回去了。

九、卡魯博托納特島

接下來五年，卜多力真的很快樂。他經常拜訪蓄著紅鬍鬚的主人，向他道謝。主人雖然年事已高，但精神一直很好。現在他養了一千隻以上的長毛兔，田裡只種紅甘藍，儘管一樣投機取巧，生活卻比以前好上許多。

奈莉生了一個可愛的男娃。冬天農作空閒時，奈莉會把男娃打扮得跟農夫一模一樣，和丈夫一起到卜多力家住上幾天。

有一天，以前一起在蠶絲工廠工作的人來找卜多力，告訴卜多力——他爸媽的墓就在森林最深處的大榧樹下。當時，養蠶的男人到森林裡觀察每棵樹木時，發現卜多力爸爸媽媽冰冷的屍體，為了不讓卜多力知道，便將他們埋進土裡，隨意插上一枝白樺木的樹枝做記號。卜多力立刻帶著奈莉一家人到那裡去，用白色的石灰岩為爸爸媽媽立墓。之後只要他路過附近，就一定會去看看。

卜多力二十七歲那一年，寒害似乎又要捲土重來。觀測站根據太陽與北邊海水的情形，推斷從二月開始，氣候就會出現劇烈的變化。推斷逐漸成真，不僅辛夷不開花，五月還足足下了十天的雨雪。每個人想起當年的慘況都無比擔憂。柯波博士也不斷徵詢氣象與農業技師的意見，並在報紙上刊登相關建議。然而，寒冷的天氣一直沒有改變。

到了六月初，卜多力看著稻秧枯黃、樹木光禿，感到坐立難安。那一年，卜多力結識了許多像家人一樣的朋友，再這樣下去，無論是森林還是原野都會遭殃。卜多力廢寢忘食地想了又想、想了又想。一天晚上，卜多力前往柯波博士家。他問柯波博士：

「老師，當大氣層裡的二氧化碳增加，地球是不是會變得溫暖？」

「會吧。據說地球形成至今的氣溫，都取決於空氣中二氧化碳的量。」

「卡魯博托納特島的火山如果爆發，會噴出足以改變氣候的二氧化碳嗎？」

「我曾經計算過。如果現在爆發，氣體就會混入風循環的上層空氣，包住整個地球。這樣一來，就會阻礙下層空氣與地表的散熱，使平均溫度上升五度。」

「老師，難道我們不能讓它現在就爆發嗎？」

「可以是可以，但必須犧牲一個人。」

「老師，請讓我去吧。請老師說服貝內老師，讓我去執行這項工作。」

「不行，你還年輕，而且沒有人能勝任你現在的工作。」

「我相信接下來有許多人可以勝任我的工作，而且他們一定比我能幹、比我優秀、比我更能愉快地工作。」

「我無法決定這件事，你去找貝內技師商量吧。」

卜多力回來後和貝內技師商量，技師表示首肯。

「這個主意很好，但我去吧。我今年六十三歲，死了也心甘情願。」

「老師，這次有太多不確定的因素。就算火山成功爆發一次，氣體有可能會被雨帶走，或是發生其他無法預料的情況。如果犧牲了老師卻沒有成功，之後我們就束手無策了。」

貝內技師低頭不語。

火山局的船在三天後抵達卡魯博托納特島，他們在島上搭建塔樓並連結電線。準備就緒後，卜多力讓其他人坐船回去，獨自留在島上。

隔天，伊哈托威的人發現天空出現混濁的綠色，太陽、月亮呈現銅色的光澤。

三四天後，天氣越來越暖和。那年秋天，農作物的收成再度恢復以往的水準。

到了冬天，就像故事一開頭描述的卜多力家，家家戶戶的爸媽跟他們的小孩一同享用溫熱的食物、明亮的火爐，過著幸福快樂的生活。

銀河鐵道之夜

當他回過神來，發現自己已經坐在一輛小小的火車上。不停向前疾駛的列車，上頭點著一排黃色燈泡，而他就坐在車廂裡，從窗內向外看。

銀河鐵道之夜

一、午後的課

「這條白茫茫的銀河，有人說它像條河，也有人說它像是牛奶流淌過的痕跡。大家知道這些白點是什麼嗎？」黑板上掛著一張黑底的星座圖，老師指著圖中由上到下、猶如白色煙霧的銀河問道。

卡帕內拉率先舉手，之後又有四五個同學舉手。喬凡尼原本也想舉手，但連忙打消念頭。儘管他確實曾經在雜誌上讀過那些白點全都是星星，但他這陣子每天都在教室裡打瞌睡，沒有時間看書，也沒有書可以看，所以對任何事情都不是很有把握。

但老師一下子就注意到了。

「喬凡尼，你應該知道吧？」

喬凡尼奮力起身，但就只是站著，無法明確回答。坐在前面的札內利回過頭來，看了看喬凡尼，發出竊笑聲。札內利的反應讓喬凡尼面紅耳赤，不知該如何是好。此時老師接著說：

「如果我們用大型望遠鏡仔細觀察，會發現銀河是由什麼組成的呢？」

喬凡尼仍覺得答案是星星，卻不敢立刻說出來。

老師露出不解的神情。過了一會兒，老師望向卡帕內拉，「那……卡帕內拉？」

卡帕內拉剛才舉手時明明還很有精神，現在卻扭扭捏捏地，站是站起來了，卻遲遲不肯回答。

老師意外地盯著卡帕內拉好一會兒，才連忙指向星座圖說：

「好，如果用大型望遠鏡觀察這條白茫茫的銀河，我們會看見許許多多的小星星。是吧，喬凡尼？」

面紅耳赤的喬凡尼點了點頭。他的眼眶裡滿是淚水——是啊，我本來就知道，卡帕內拉一定也知道。因為那是我們一起在卡帕內拉家看雜誌時讀到的。卡帕內拉的爸爸是個博士。那時卡帕內拉看到雜誌這樣寫，就從他爸爸書房裡搬出一本厚厚的書，翻到寫著「銀河」的那一頁。書上那張黑底上有著無數白點的照片好美，那時我們看了很久。卡帕內拉不可能忘記這件事，他沒回答，一定是因為我的關係。他知道我這陣子從早到晚都要辛苦工作，到學校上課也不跟大家一起玩，就連和他都很少說話。他同情我，所以故意不回答——一想到這裡，喬凡尼覺得自己和卡帕內拉都好可悲。

老師繼續說：

「如果我們把天河想像成真的河流，這一顆顆小星星就是河裡的砂石；如果我們把天河想像成牛奶流淌過的痕跡，那星星們就像牛奶裡那些細微的脂肪球。假設星星是天河裡的砂石，那天河裡的水是什麼呢？答案是真空。真空可以用一定的速度傳遞光線，而且太陽、地球都在其中，也就是說，我們都住在這條天河裡。就像我們看水，水越深看起來越藍；身處天河的我們觀察四周，星星越遠看起來越密，最後就成了白茫茫的一片。大家看一下這個模型……」

老師指著大大的雙面凸透鏡，裡頭有許多發光的砂粒。

「天河的形狀就像這樣。這些發光的砂粒和太陽一樣，是一顆顆會自己發光的星星。假設太陽位於天河中央，而地球在太陽旁邊。那麼大家晚上在凸透鏡正中央觀察四周時，會發現因為這邊比較薄，所以只會看見一點點發光的砂粒；但是這邊和這邊很厚，就能看見很多發光的砂粒——也就是星星。因為很多，所以看起來白茫茫的。這就是我們現在所說的銀河。因為快要下課了，下次我再告訴大家這凸透鏡有多大、裡頭有哪些星星。今天是銀河祭，大家可以到外頭好好觀察。今天就上到這裡，把書還有筆記本收起來。」

接著教室裡響起陣陣開關書桌蓋以及收拾書本的聲響，沒多久後，大家乖乖地起立，向老師敬禮後，便離開教室。

二、活字印刷廠

喬凡尼正要走出校門的時候，看見七八個同班同學還沒回家，他們圍在校園角落一棵櫻花樹下，卡帕內拉也在其中。銀河祭時，人們會把散發藍色光芒的王瓜[16]燈籠放進河裡，看樣子他們是在討論摘王瓜的事。

然而，喬凡尼只是大大地揮揮手，接著毫不猶豫地大步走出校門。鎮上家家戶戶都在為今晚的銀河祭做準備，有人在掛用紅豆杉葉子做成的球，有人在裝檜木枝上的燈飾。

喬凡尼沒有馬上回家，他彎過三個路口，走進一間很大的活字印刷廠。一走進大門，他就向大門櫃台裡那個身穿寬大白色襯衫的人行禮，接著脫鞋、往裡面走，打開盡頭的那扇房門。雖然太陽還沒下山，但裡頭的燈是亮的。許多台輪轉印刷機不斷運作著，而頭上綁著布條或戴著帽子的人們口中唸唸有詞地算著數，正努力地工作著。

喬凡尼走向從房門算來第三張高高的桌子，向桌子後方的人行禮。對方在架子上找了一會兒，遞給他一張紙條：

16 植物名。葫蘆科王瓜屬，多年生蔓草。生於原野間。根呈塊狀，味如山藥，莖瘦長，葉互生。夏日，葉腋開白色花；果實為橢圓形紅色漿果，可作為化妝的原料。或稱為「土瓜」、「公公鬚」、「野甜瓜」。（資料來源：教育部國語辭典）

「看你能不能撿這麼多……」

喬凡尼從對方桌子下方拉出一個平坦的小箱子，走到對面燈光充足的牆角。他蹲下來，用鑷子把米粒般大小的鉛字一個個撿出來。一個胸前綁著藍色工作圍裙的人自喬凡尼身後走過，他說：

「嘿，小放大鏡，早啊。」附近的四五個人聽了，沒有轉頭、沒有出聲，只是冷冷地笑。

喬凡尼揉了揉眼睛，繼續撿著鉛字。

六點一到，喬凡尼核對了一下手裡放滿鉛字的箱子與紙條，接著把箱子拿到剛才那張桌子前。對方接過箱子後一句話也沒說，只是微微點了點頭。

喬凡尼再次行禮後便打開房門，走向剛才經過的櫃台。身穿白襯衫的人一句話都不說，默默地給了喬凡尼一枚硬幣。喬凡尼立刻欣喜萬分。奮力行禮後，他拿起放在櫃台下的書包，飛奔至大街上。喬凡尼精神奕奕地吹著口哨，走進麵包店買了一塊麵包、一袋方糖，又飛快地跑了出來。

三、家

喬凡尼一路狂奔回家，那是一間位於巷弄裡的小屋。小屋有三扇門，最左邊那扇門前的箱子裡種著紫色的羽衣甘藍和蘆筍。兩扇小窗的遮陽板都沒有打開。

「媽媽，我回來了。妳身體還好嗎？」喬凡尼脫鞋時問道。

「啊……喬凡尼，工作很辛苦吧？今天很涼快，我身體一直很好。」

喬凡尼走進屋內。媽媽躺在最靠近入口的房間裡，身上蓋了一條白色方巾。

喬凡尼打開窗戶。

「媽媽，我今天買了方糖，可以放在妳的牛奶裡。」

「你先吃吧，我還不餓。」

「媽媽，姊姊什麼時候回去的？」

「三點吧，她幫我做了好多事。」

「媽媽的牛奶還沒來嗎？」

「是啊……還沒來啊……」

「我去拿吧。」

「不急，你先吃吧。你姊姊用番茄做了點東西才走的，就在那兒。」

「那我先吃啦。」

喬凡尼從窗邊拿起裝著番茄料理的盤子，配著麵包大口大口吃了起來。

「媽媽，我覺得爸爸快要回來了。」

「我也這麼覺得，不過你為什麼這麼說呢？」

「今天早報有寫，今年出海去北邊打漁的收獲非常好。」

「但你爸爸又不一定是出海打漁。」

「一定是，爸爸不可能做出得要坐牢的壞事。之前爸爸捐給學校的大蟹殼、馴鹿角還在標本室裡呢。六年級上課的時候，老師會拿到教室，讓大家輪流著看。前年的校外教學（原文以下空白）」

「你爸爸有說下次要帶一件海獺毛皮外套給你。」

「大家只要一看見我，就會問這件事，一副在嘲笑我的樣子。」

「有人會說你的壞話嗎？」

「嗯，可是卡帕內拉不會，大家嘲笑我的時候，他總是很同情我。」

「你爸爸和他爸爸，好像在你們這個年紀的時候就是朋友了。」

「原來……所以爸爸才會帶我去卡帕內拉家。那時候真好，我放學後常常去卡帕內拉家。卡帕內拉家有一台用酒精燈發動的小火車，把七節軌道組合起來就會變成一圈，上頭還有電線桿、號誌燈。只有在小火車通過的時候，號誌燈才會是綠色的。有一次因為酒精用完了，我們就用汽油代替，沒想到把罐子燒得黑黑的。」

「是嗎？」

「我現在每天早上送報紙也會繞到他們家，但他們家總是靜悄悄的。」

「因為太早了呀。」

「他們家有一隻狗叫查威，牠的尾巴很像掃把。每次看見我，牠就會用鼻子發出哼哼哼的聲音，一直跟我跟到轉角，有時候還會跟到更遠的地方。今天他們要去河邊放王瓜燈籠，查威一定也會跟去。」
「我差點忘了今天是銀河祭。」
「對呀，我去拿牛奶，順便過去看看。」
「去吧，不過別下河啊。」
「嗯，我只會站在岸邊看，玩一個小時就回來。」
「多玩一會兒吧，你和卡帕內拉在一起，我很放心。」
「嗯，我會跟他在一起的。媽媽，我把窗戶關上囉？」
「謝謝你，今天真是蠻涼的。」
喬凡尼起身關上窗，把盤子與麵包袋收拾乾淨。
「那我一個半小時後回來。」
他一邊穿鞋一邊說道，接著走進昏暗的巷弄。

四、半人馬座祭的夜晚

喬凡尼像是在吹口哨般嘟起嘴，神情落寞地走過種滿檜木的坡道。
坡道下方那盞高大的路燈，發出明亮的青白色光芒。喬凡尼越是靠近路燈，身後原本拉得長長的灰色影子，就越來越濃、越來越黑。最後清楚的影子抬腳揮手地移動到喬凡尼身旁。

（嗚——我是神氣的火車頭，斜坡時跑得最快。我現在要經過那盞路燈囉。你看，我的影子就像圓規畫圓一樣，繞了一大圈，現在繞到我前面了。）

喬凡尼一面幻想一面大步走過路燈，同班同學札內利穿著領口筆挺的全新襯衫，從路燈對面一條昏暗的小路走出來，和喬凡尼擦肩而過。

「札內利，你要去放王瓜燈籠嗎？」

喬凡尼話還沒說完，札內利就在他後面大喊：

「喬凡尼他爸說海獺外套要來囉——」

喬凡尼胸口一緊，感覺氣急攻心。

「你說什麼？」喬凡尼高聲喊了回去，但札內利已經走進對面一間種著羅漢柏的房子裡。

「我又沒做什麼壞事，札內利為什麼要對我說那些話呢？他自己跑步的樣子那麼像老鼠……札內利會平白無故對我說那些話，一定是因為他是笨蛋。」

胡思亂想的喬凡尼走在街上，人們用各式各樣的燈飾與枝葉裝飾街道。鐘錶店的霓虹燈光彩奪目，有用各色石頭組成的貓頭鷹，還有用各式寶石裝飾的厚玻璃盤。那玻璃盤的顏色就像大海一樣。每一秒鐘，貓頭鷹的紅色眼睛都會咕嚕咕嚕地轉動。此外，玻璃盤上的寶石會像星星一樣慢慢旋轉，人馬銅像還會優雅地前後移動。中間的黑色星座圖則是以綠色蘆筍葉裝飾。

喬凡尼忘我地凝視那張星座圖。

雖然這張星座圖比白天在學校看的那張圖小很多，但只要調整成當天的日期與時間，就能在眼前的橢圓形裡看見當時的星空。此外，這張星座圖一樣有從上方延伸到下方的銀河，看起來就像輕微爆炸時可能會出現的水蒸氣。星座圖後方腳架上的小望遠鏡散發黃色的光芒，而最深處的牆壁上則是掛著描繪各星座的圖畫，有不可思議的野獸、蛇、魚還有水瓶。喬凡尼怔怔地站在那裡，心想「天空裡真的有蠍子、有勇士嗎？」開始想像自己漫步其中的模樣。

過了一會兒，喬凡尼猛然想起媽媽的牛奶，趕緊離開那家鐘錶店。儘管他感覺上衣的肩膀處有點緊，但他仍然刻意抬頭挺胸，大步走過一條又一條的街道。

空氣十分清澈，像水一般在街道、店家裡流動。冷杉和橡樹的枝葉圍住路燈，電力公司前那六棵懸鈴木裝飾著許多小燈泡，讓人彷彿置身人魚之都。小朋友們穿上全新的衣服，用口哨吹著〈星星之歌〉的旋律。

小朋友們開心地嬉鬧著，有人一邊跑一邊大喊「半人馬座呀，請降下露水——」，有人在玩仙女棒。但喬凡尼低著頭，腦袋裡想著完全不同的事，快步走向牛舍。

不知不覺間，喬凡尼已經走到離小鎮很遠，有著一排排白楊樹的地方。他穿進牛舍的黑色大門，走向昏暗的廚房，廚房裡有股牛的味道。喬凡尼脫下帽子說了聲：「晚安。」但屋內一片寂靜，感覺一個人也沒有。

「晚安，有人在嗎？」喬凡尼立正站著又喊了一聲。過了好一會兒，一個年長而且身體似乎不太舒服的女人步履蹣跚地走出來，詢問喬凡尼的來意。

「我們家的牛奶今天沒有送來，我是來拿牛奶的。」喬凡尼大聲地說。

「現在沒有人在，你明天再來拿吧。」

對方揉了揉紅通通的眼睛，俯視著喬凡尼。

「我媽媽生病了，我今天一定要拿到牛奶。」

「那請你等一下再來吧。」對方一說完便轉身離開。

「好的，謝謝你。」喬凡尼行禮後便走出廚房。

在十字路口準備轉彎的時候，他看見對面橋方向的雜貨店前，有幾個身穿黑色外套、白色襯衫的身影。那是六、七個學生，他們一邊笑一邊吹著口哨，手裡提著王瓜燈籠朝著他的方向走來。喬凡尼非常熟悉那些笑聲與口哨聲，因為他們是喬凡尼的同班同學。喬凡尼下意識想要迴避，但他轉念一想，決定大步迎向他們。

「你們要去河邊嗎？」喬凡尼想開口問，卻覺得喉嚨卡住了。

「喬凡尼，海獺外套要來囉——」剛才遇到的札內利又開始喊鬧。

「喬凡尼，海獺外套要來囉——」大家跟著起鬨。喬凡尼臉紅耳赤，腦中一片空白，只想儘快離開。他看見卡帕內拉也在裡頭，卡帕內拉面露同情，默默地對他笑了一下，似乎在想他會不會生氣。

喬凡尼避開卡帕內拉的眼神，當他經過高大的卡帕內拉身旁，同學們再度吹起口哨。轉彎前，喬凡尼回頭望去，發現札內利也轉身盯著他看，卡帕內拉則是跟大家一同高聲吹著口哨，走向對面那座隱約可見的橋。喬凡尼突然覺得寂寞極了，於是拔腿狂奔。一旁用手摀著耳朵，一邊叫喊一邊用單腳跳的小小孩們以為喬凡尼是因為在玩才會跑這麼快，於是對著他大喊。沒多久，喬凡尼就跑向黑漆漆的山丘。

五、氣象觀測塔之柱

牧場後方是一座坡度平緩的山丘。在北邊的大熊星下，一片漆黑的山頂感覺比平常矮，幾乎沒有什麼起伏。

喬凡尼自滿是露水的林間小路，一步一步走上山丘。漆黑的茂密草木看起來奇形怪狀的，但星光卻照亮了那條小路。草木間躲著發光的小蟲，光線自葉片透出——這讓喬凡尼想起大家手裡拿著的王瓜燈籠。

穿過伸手不見五指的松樹與橡樹林，天空忽地豁然開朗。喬凡尼看見天河一路由南邊延伸到北邊，還看見山頂的氣象觀測塔。此外，他還看見一片盛開的風鈴草與野菊花，空氣中瀰漫的香氣讓人猶如身處夢中。一隻發出鳴聲的小鳥飛過山丘。

喬凡尼走到山頂的氣象觀測塔下方，疲倦地躺倒在涼涼的草地上。

黑暗中，鎮上的燈光看起來就像海底的龍宮。他可以聽見小朋友們細微的歌聲、口哨聲，還有斷斷續續的吶喊聲。遠方傳來風聲，山丘上的草靜靜地搖擺，喬凡尼因汗水而濕透的襯衫變得冰冷。他在離小鎮有段距離的地方，眺望遠處那片黑暗的原野。

原野上傳來火車的聲響。紅色的列車看起來很小，上頭有一排車窗。透過車窗，可以看見列車裡有許多乘客，有人在削蘋果、有人在笑……，一想到這裡，喬凡尼突然有種說不出的難過，他再次望向天空。

啊……這條白色的帶子是由星星組成的。

但不管他怎麼看，天空都不像白天老師說得那樣空曠、冰冷，而且他越看越覺得天空就像一片小樹林，或者是一座牧場、一片原野。接著，喬凡尼發現藍色的天琴星從一個變成三四個，一閃一閃地，一會兒把腳伸出來，一會兒又收回去，後來變得好長好長，就像香菇一樣。最後，就連眼底那片鎮上風光看起來都像許多顆星星聚在一起，又像是一大片的煙霧。

六、銀河站

喬凡尼身後的氣象觀測塔在不知不覺間變成一座三角標[17]，猶如螢火蟲的光

17 用來測量三角點的設備。

亮般一閃一滅。三角標越來越清晰，最終一動也不動地聳立在靛藍色的廣闊天空。天空的顏色，猶如剛鍛冶好的藍色鋼板一般。

喬凡尼才剛聽見某處傳來奇異的聲音：「銀河站——銀河站——」，眼前倏地一片亮光。彷彿數以億萬計的螢光魷魚瞬間成為化石，沉入天空；又像鑽石公司為了不讓鑽石跌價，刻意將開採到的金剛石藏起來，卻不小心被人打翻散落一地那般。眼前的亮光讓喬凡尼忍不住揉了好幾次眼睛。

當他回過神來，發現自己已經坐在一輛小小的火車上。不停向前疾駛的列車，上頭點著一排黃色燈泡，而他就坐在車廂裡，從窗內向外看。座椅用藍色天鵝絨布包著，鼠灰色牆上那兩顆牡丹花造型的黃銅鈕，正發出光芒。

喬凡尼注意到前面的座位上有一個小朋友。他身穿濕答答的黑色上衣，個子很高，正將頭探出車窗觀看。喬凡尼覺得對方的背影似曾相識，很想知道他是誰。喬凡尼原本想把頭伸出窗外，沒想到對方卻先把頭縮回車廂裡，看著喬凡尼。

是卡帕內拉。

喬凡尼想問卡帕內拉是不是一直都在這裡，但卡帕內拉先開口說：

「他們跑了好久，可是都沒有趕上這班列車，札內利也沒趕上。」

喬凡尼心想「那現在就只有我們兩個人了」，但還是說：

「要不要在哪裡等他們來？」

「札內利已經回去了，他爸爸來接他。」卡帕內拉答道。

不知為什麼，卡帕內拉的臉色有些蒼白，好像哪裡不舒服似地；而喬凡尼也覺得「好像忘了什麼」，感覺有些奇怪，所以一時間沒有開口說話。

卡帕內拉望了望窗外的景色，總算恢復精神說：

「糟糕，我忘了帶水壺，還有素描本。沒關係，天鵝站就要到了。我真的很喜歡天鵝，就算天鵝飛到很遠的河邊，我一定也會看見。」接著，卡帕內拉拿出一張圓板狀的地圖，一邊轉動地圖一邊確認。地圖中央有一條天河，而鐵道就沿著天河的左岸一路向南延伸。這張地圖的厲害之處在於夜空般漆黑的盤子上，每個車站、三角標、泉水、樹林……都散發著藍色、橙色、綠色等五彩繽紛的光芒。

喬凡尼覺得自己好像在哪裡看過這張地圖。

「這張地圖是在哪裡買的？是用黑曜石做的吧？」喬凡尼問。

「銀河站的人給我的，你沒有嗎？」

「咦？我有經過銀河站嗎？我們現在是在這個地方吧？」

喬凡尼指向天鵝站的北邊。

「是啊。你看，那片河岸就是月夜吧？」兩人往那邊一望，看見銀色的芒草在散發青白色光芒的岸邊隨風搖曳，掀起層層波浪。

「那不是月夜，是銀河。」喬凡尼說著說著，心裡雀躍萬分。他將臉探出窗外，高聲用口哨吹著〈星星之歌〉的旋律，盡可能將身子探得更出去一些，試圖看清楚天河裡的水。一開始雖然看不太清楚，但仔細觀察後發現，那美麗的水比玻璃、比氫氣都要透明。可能是眼花吧，他覺得自己看見閃閃的紫色水波，燦爛奪目如同彩虹的光芒。天河裡的水無聲無息地流動著，空中的原野到處都是美麗的燐光三角標。三角標越遠，看起來就越小，但顏色都很明顯，例如橙色、黃色……而三角標越近，看起來就越大，只是都白茫茫的，有時感覺像三角形，有時像四邊形，甚至是閃電、鎖鏈的形狀。喬凡尼感覺自己心跳加快，他用力地搖了搖頭。沒想到，原野上那些閃爍著藍色、橙色光芒的三角標也像呼吸一般，一閃一閃地搖晃起來。

「我真的到了天上的原野……」喬凡尼說，「而且這輛火車不需要燒煤呢」，他把左手伸出窗外，看著前方繼續說。

「應該是用酒精或電吧？」卡帕內拉說。

喀登喀登喀登喀登──這輛小而美的火車，穿過隨風搖曳的芒草、穿過天河的水、穿過發出微光的三角標，不斷地向前行駛。

「啊，龍膽花開了，已經深秋了呢。」卡帕內拉指著窗外說。

鐵道旁低矮的草地裡，開著美麗如月長石般的紫色龍膽花。

「我跳下去摘一朵花再跳上車吧？」喬凡尼躍躍欲試地說。

「不行，已經離這麼遠了。」

卡帕內拉話還沒說完，他們又看見一片花團錦簇的龍膽花一閃而過。隨後，一片片黃蕊的龍膽花如驟雨般洶湧而來，隨之又消逝在眼前，直立的三角標則綻放如煙如霧般的光芒矗立在原野上。

七、北十字星與上新世[18]海岸

卡帕內拉突然說出這句話來，態度雖然有些遲疑，從那急促的語調，可以看出他心中的焦急。

「媽媽會原諒我嗎……」

喬凡尼默不作聲，怔怔地想「對呀，我媽媽也在遠方那個像灰塵一樣大的橙色三角標附近，想著我的事情呢」。

「我願意做任何事情，只要媽媽能獲得真正的幸福。可是……對媽媽來說，到底什麼才是最幸福的事呢？」卡帕內拉似乎在拚命隱忍，深怕自己忍不住哭了出來。

「你媽媽又沒有發生什麼事？」喬凡尼驚訝地喊出聲來。

「嗯……不過我想無論是誰，只要做了好事，應該就是最幸福的吧。所以我想媽媽會原諒我。」卡帕內拉此時看來十分肯定。

車廂內忽然亮了起來。原來是他們經過銀河中一座閃耀著白色光芒的小島。河床上充滿金剛石、草露等一切美麗的事物，河水無聲無息地流動著。小島的平地上立著一具莊嚴、醒目的白色十字架，猶如北極凍結的冰雲鑄造而成。沉默矗

18 在石質時代中，上新世為距今五百三十萬年～兩百六十萬年的這段時期。

立的十字架背後，發出一道燦爛奪目的金色光環，莊嚴無比。

「哈利路亞，哈利路亞」——前後傳來相同的聲響。兩人回過頭去看，只見車廂裡所有乘客都站著，有人將黑色封面的聖經抱在胸前、有人拿著水晶唸珠，每個人都神情肅穆地十指交錯，對著十字架禱告。卡帕內拉和喬凡尼見狀也立刻起身。卡帕內拉的臉頰散發蘋果成熟時的光澤，好看極了。

列車漸漸駛離小島與十字架。

對岸也不時閃耀藍色光芒。每當銀色芒草隨風搖曳，看起來也是霧茫茫的一片銀色，其間若隱若現的龍膽花，感覺就像溫柔的磷火。

由於芒草遮住了天河與列車間的景色，天鵝島只在後頭出現過兩次，而且都是一瞬間的事。很快地，天鵝島就距離列車很遠，看起來小小的，彷彿是一張圖。當芒草再次沙沙作響，兩人已經完全看不到天鵝島了。一位高個子的天主教修女，不知何時開始就坐在喬凡尼身後，她的一雙綠色眼睛低垂著，似乎虔誠地聽著從某處傳來的話語與聲響。乘客們默默回到座位上，喬凡尼和卡帕內拉兩人心中湧現一股悲傷的、曾未有過的情感，用不同以往的口吻輕聲交談著。

「再過一會兒就要到天鵝站了。」

「嗯，十一點準時到。」

很快地，號誌燈裡的綠燈、白晃晃的燈柱在窗外一閃而逝，鐵道交叉口那硫黃火焰般模糊的燈光也從窗外閃過。之後，列車開始放慢速度，月台上那排美麗且整齊的電燈亮了。隨著列車靠近，燈光不斷擴大，最後列車停在天鵝站的大時鐘下。

在這個秋高氣爽的日子，時鐘裡兩根藍色鋼針清楚地指著十一點。大家下車後，車廂裡一片空蕩蕩的。

時鐘下寫著【停車二十分鐘】。

「我們也下去看看吧。」喬凡尼說。

「好呀。」兩人一離開車門，就往剪票口跑去。剪票口只有一盞明亮的紫色電燈，卻一個人也沒有。他們左顧右盼，遍尋不著站長、腳夫的身影。

來到車站前的小廣場，廣場四周是如水晶雕刻般的銀杏樹。那裡有一條寬廣筆直的道路，直通往銀河的藍色光芒盡頭。

不知道方才下車的人們都到哪裡去了，廣場上一個人也沒有。當他們並肩走在那條白色的路上，兩人的影子就像四面都有窗戶的房間裡的兩根柱子；也像車輪的輻條，如放射狀般向四面投射。沒多久，就走到剛剛從火車上看見的那片美麗河岸。

卡帕內拉撈起一把潔淨的砂粒，攤在手掌裡用指尖翻弄。

「這些砂粒都是水晶，每顆水晶裡都有小小的火焰。」

「嗯。」喬凡尼想起好像在哪本書上看過，怔怔地回應。

河岸上的砂石有的透明如水晶、黃玉，有的有著複雜的皺摺，也有似山稜綻放雲霧般藍光的剛玉。喬凡尼走到水邊，試著將手放進水中。奇怪的是，銀河的水雖然比氫氣還要透明，卻確實在流動。當他們把手腕放進水裡，感覺水面浮現水銀般的色彩，水波散發的美麗燐光，熠熠生輝好比燃燒的火焰。

望向上游，長滿芒草的懸崖下是塊白色的岩石，岩石延伸到河裡，猶如運動場般平坦。那裡有五六個小小的人影，感覺在挖掘或掩埋些什麼。他們一會兒站起身來，一會兒蹲下去，手裡的工具不時閃著光芒。

「我們去看看吧。」兩人齊聲一喊，便向著那一頭跑去。白色岩石處的入口立著一塊陶瓷般光滑的標誌，上面寫著——上新世海岸。

對面河岸上有許多鐵製的細欄杆，以及精美的木製長椅。

「你看，這個好奇怪。」卡帕內拉停下腳步，從岩石堆裡撿起一顆長長尖尖、猶如黑色胡桃果實般的物事。

「這是胡桃呀，你看，有好多。這些胡桃不是流過來的，原本就在岩石裡。」

「好大，比平常的胡桃大了一倍。而且整顆完好無缺呢。」

「我們快過去看看吧，他們一定在挖什麼。」

他們手裡拿著黑色胡桃，繼續往剛才的方向前近。左手邊的沙洲，水波如溫柔的閃電般發光靠近；右手邊的懸崖，一整片有如白銀、貝殼般的芒草隨風搖曳。

兩人越走越近，看見一個貌似學者的人。他的個子很高、近視很深，腳上穿著長靴，他一面急急忙忙地在筆記本上寫些什麼，一面專注地用手指揮三個拿著鶴嘴鋤、鐵鏟的助手。

「不要破壞那個突出的地方，用鐵鏟挖。我說用鐵鏟。稍微離遠一點。不對不對，你們怎麼那麼粗魯。」

原來白色鬆軟的岩層中有一具大大的獸骨，目前已經露出一半了。再定睛一瞧，會看見留有雙蹄足跡的岩石被切割成四方形，並編上號碼，大約有十個左右。

「你們是來參觀的嗎？」貌似學者的人推了推眼鏡，詢問他們的來意。「那裡有許多胡桃吧？這些胡桃……嗯，大約是一百二十萬年前的胡桃。年代還算近的呢。一百二十萬年前，就是地質時代的第四紀，這邊是一片汪洋。所以岩層裡有很多貝殼，現在的河床，就是以前海水漲潮、退潮時留下的痕跡。這具獸骨是一種名為『原牛』的動物……喂，那邊不能用鶴嘴鋤，小心一點挖啊。這種動物名為「原牛」，是牛的祖先，以前很多。」

「這要做成標本嗎？」

「不是，是用來證明這塊厚厚的岩層是一百二十萬年前形成的。我們收集了很多證據，試圖說服原本與我們意見相左的人，在他們眼裡，這些或許只是風啊、水啊還是虛無的天空。知道了嗎？喂，那邊不能用鐵鏟，下面是肋骨啊！」學者急急忙忙跑了過去。

「時間差不多了，我們走吧。」卡帕內拉看著地圖與手錶說。

「那我們先告辭了。」喬凡尼恭敬地向學者行禮。

「那就再見啦。」學者走來走去，進行監督指揮工作。兩個孩子為了趕上火車，在白色岩層上飛奔，猶如疾風一樣快，既不覺得氣喘也不覺得腿痠。

喬凡尼心想「如果我能一直都跑這麼快，就可以跑遍全世界了」。

他們經過剛才的河岸，離剪票口的燈光越來越近。不久後，兩人就坐在車廂裡原本的座位上，從車窗眺望剛才飛奔過的那段路。

八、捕鳥人

「我可以坐這裡嗎？」

卡帕內拉和喬凡尼身後傳來沙啞而親切的聲音。

那是一個男人，身穿咖啡色舊外套，肩膀上背著兩個用白布綁起來的包袱。男人蓄著紅色的鬍鬚而且有些駝背。

「嗯，可以。」喬凡尼縮了縮身子。男人面帶微笑，慢慢地將行李放到架子上。喬凡尼心裡突然感到無比寂寞與哀傷。當他默默地看著正面的時鐘，前方遠遠傳來清脆的笛音，火車慢慢啟動。卡帕內拉東張西望地觀察著車廂的天花板。一隻黑色的甲蟲停在電燈上，因此天花板出現大大的影子。笑容和藹可親的男人看著喬凡尼與卡帕內拉。火車越來越快，窗外交錯著芒草與河川的景色。

男人有些遲疑地開口問道：

「你們要去哪裡呢？」

「想去哪裡就去哪裡。」喬凡尼看起來有點不好意思。

「真好，這輛火車的確可以到任何地方。」

「那你要去哪裡？」卡帕內拉語帶挑釁，喬凡尼聽了不禁笑出聲來。因為對面座位上那個頭上戴著尖帽、腰上掛著一大串鑰匙的人也瞟了一眼笑了起來，卡帕內拉不禁漲紅臉大笑了起來。儘管男人沒有生氣，臉頰上的肌肉還是有些抽搐。

「我待會兒就要下車了，我靠捕鳥維生。」

「捕什麼鳥？」

「白鶴呀、鴻雁呀，還有白鷺鷥和天鵝。」

「白鶴多嗎？」

「是呀，牠們從剛剛就一直在叫呢，你沒聽到嗎？」

「沒有。」

「現在也聽得到，要仔細聽。」

兩人抬起頭，豎耳細聽，卻只聽見火車喀登喀登前進的聲響、吹過芒草的風以及嘩啦啦湧出的泉水。

「你是怎麼捉白鶴的呢？」

「你是說白鶴？還是白鷺鷥？」

「白鷺鷥。」其實喬凡尼一點也不在意。

「簡單，白鷺鷥都是由天河裡的砂石凝結而成，終究是要回到河裡的。所以我只要在河岸上等，等白鷺鷥回來，在快要著地的時候一把抓住牠們的腳，牠們的身體就會變得僵硬，安心地死去。接下來你們也知道，就是要把牠們做成押花。」

「押花？你是說做成標本嗎？」

「不是標本，大家不是常常會吃嗎？」

「好奇怪哦……」卡帕內拉歪著頭說。

「一點也不奇怪，你們看。」男人從架子上把自己的包袱拿下來，迅速地解開，「來，你們看。這是我剛剛捉的。」

「真的是白鷺鷥耶！」兩人異口同聲地驚呼。裡頭有大約十隻白鷺鷥，跟方才那座十字架一樣，又白又亮。牠們看起來扁扁的，黑色的雙腳縮在一起，感覺很像浮雕。

「眼睛是閉著的呢。」卡帕內拉用手指摸了摸白鷺鷥如新月般緊閉的眼睛，白鷺鷥頭上如長槍般的白毛更是完好無缺。

「你們看，沒錯吧？」捕鳥人用白布一層一層地將白鷺鷥包起來。喬凡尼心想「應該不會有人真的會吃白鷺鷥吧。」他問捕鳥人：

「白鷺鷥好吃嗎？」

「好吃，每天都有人買，不過鴻雁賣得更好。鴻雁比白鷺鷥高級許多，最重要的是，鴻雁吃起來很方便。你們看。」捕鳥人解開另一個包袱，裡頭有黃色的、藍色的鴻雁，牠們都像燈一樣閃閃發光。而且一如方才的白鷺鷥，整齊排列的鴻雁鳥喙緊閉，而且有點扁扁的。

「這個馬上就可以吃。你們要不要來一點？」捕鳥人輕拉黃色鴻雁的腳，彷佛是以巧克力做成的，一下子就斷了。

「來，吃一點吧。」捕鳥人把腳分成兩段。喬凡尼試吃了一點，心想「這真的是點心耶。而且比巧克力還要好吃。怎麼可能會有這種鴻雁……看來這個男人是在原野上開點心店的。唉，我嘴裡吃他的點心，心裡卻在嘲笑他，他還真是可憐。」他心裡雖然這麼想，卻還是大口大口地吃著。

「多吃一點吧。」捕鳥人又拿了一些出來。喬凡尼儘管還想再吃，仍客氣地說：

「不用了，謝謝。」於是捕鳥人拿給方才那個腰上掛著鑰匙的人。

「這是你做生意用的，真的不好意思。」那人脫下帽子致謝。

「別客氣。今年候鳥的情形如何？」

「哎呀，可好的呢。前天第二時辰到處都有人打電話來抱怨，說什麼燈塔的燈故障，該亮的時間沒亮。但又不是我的錯，是那些候鳥實在太多了，黑壓壓地一片經過燈塔，把燈給遮住了。那我可沒辦法，就跟他們說：『笨蛋，你們抱怨錯對象啦，要抱怨就是去跟那些披著斗篷、嘴巴跟腳又細得要命的將軍們抱怨吧。』哈哈……」

窗外再也看不見芒草，一道強光自原野另一邊射來。

「為什麼白鷺鷥吃起來不方便呢？」卡帕內拉從剛才就一直想問。

「因為吃白鷺鷥啊……」捕鳥人再度轉過身來，「要先把白鷺鷥吊掛在天河反射的水光裡十來天左右，不然就是要埋在砂石裡三四天，這樣水銀才會完全蒸發，也才可以吃。」

「這不是鳥，只是一般的點心吧？」卡帕內拉鼓起勇氣問道，看來他的想法和喬凡尼一樣。捕鳥人突然驚慌失措地說：

「哎呀呀，我得下車了。」他一邊說一邊起身拿包袱，轉眼間就不見蹤影。

「咦？他跑到哪裡去了？」卡帕內拉和喬凡尼面面相覷。燈塔守衛露出笑容，伸長身子往兩人那邊的車窗望去。兩人轉過頭看去，捕鳥人的身影出現在閃耀著黃色、藍色燐光的河岸邊，他站在草地上，一臉認真地張開雙臂，靜靜地看著天空。

「他在那裡。姿勢好奇怪哦，一定又是在捉鳥了吧。真希望來得及看他捉到鳥。」話還沒說完，方才看到的那種白鷺鷥就自藍紫色的天空落下——而且是像雪花一般成群結隊，嘎嘎作響飛舞而下。捕鳥人開心極了，彷彿一切都是事先講好的。他將腿打開至六十度，牢牢地站穩腳步，接著用雙手抓住白鷺鷥縮起的黑色雙腳，將牠們裝進布袋裡。白鷺鷥像螢火蟲那般，在袋子裡一閃一閃地發出藍色光芒，最後逐漸變成白色，最後安詳地閉上眼睛。只是，順利降落在天河砂石上的白鷺鷥，數量仍遠遠超過捕鳥人捉到的。牠們的腳一碰到砂石，就像融雪般消融、崩塌，接著有如自鎔爐流出的液狀金屬，在砂石上擴散開來。砂石上起初還會出現白鷺鷥的輪廓，但那輪廓閃了兩三次光芒後，便與其他砂石融為一體。

捕鳥人將二十隻左右的白鷺鷥放進布袋後，突然高舉雙手，姿勢就像士兵中彈時的死狀。只是一眨眼的時間，捕鳥人的身影再度消失。

「啊……真暢快。沒有什麼事比做自己適合的工作更好了。」喬凡尼身旁傳來熟悉的聲音——捕鳥人已經回到車廂裡，謹慎地將剛捉到的白鷺鷥一隻一隻疊好。

「你為什麼要再回來呢？」喬凡尼有種難以言喻的心情，他既覺得事情本該如此，又覺得不應該這樣，於是開口問道。

「為什麼？我想來就來啦。對了，你們是從哪裡來的？」

喬凡尼原本想立刻回答，但卻怎麼也想不起來。是啊，我是從哪裡來的呢……卡帕內拉也面紅耳赤地，試著回想一些事情。

「哦……是從很遠的地方來的吧。」捕鳥人一副了然於心的樣子，溫柔地點了點頭。

九、喬凡尼的車票

「我們就要離開天鵝區了。請看那裡，那是著名的天鵝座貝塔星觀測站。」

望向窗外，四幢雄偉的黑色建築物矗立在有如煙火般的天河中，其中一幢平坦的屋頂上有兩個晶透而光彩奪目的大球，一是藍寶石，一是黃玉。圓球靜靜地滾動，當比較大的黃球向遠處移動，比較小的藍球便向近處滾來。不久後，兩個球重疊在一起，形成美麗的綠色雙面凸透鏡。當藍球來到黃球的正面，就會感覺中央逐漸膨脹，最後形成有一圈黃色亮光的綠色圓形。之後兩個球開始橫向交錯，恢復雙面凸透鏡的形態，越離越遠。接著交換方向，當藍球向遠處移動，黃球就向近處滾來，周而復始地一再重複。萬籟俱寂中，黑色觀測站靜靜地橫躺在銀河無形無聲的流水之中。

「那是測量水的流速的機器，水……」捕鳥人話還沒有說完。

「請出示車票。」列車長突然出現在三人身旁。頭上戴的紅帽讓列車長看起來十分高大。捕鳥人默默地從口袋裡拿出一張車票，列車長瞥了一眼後便移開視線，將手伸向卡帕內拉與喬凡尼。他動了動手指，像是在說：「你們的呢？」

「嗯……」喬凡尼傷腦筋地扭來扭去，卡帕內拉卻很自然地拿出灰色的車票。喬凡尼手忙腳亂起來，他心想「該不會在我上衣的口袋裡吧？」於是將手伸進口袋裡，沒想到真的有張折起來的紙。覺得奇怪的他連忙將紙拿出來看，那是一張綠色、對折再對折的紙，展開後應該明信片差不多大小。因為列車長伸手在一旁等，於是喬凡尼把心一橫，將紙交給列車長。沒想到列車長一看到那張紙就立正站直，畢恭畢敬地展開。燈塔守衛充滿好奇地從下往上窺探，一邊看一邊整理上衣的鈕扣。喬凡尼心想「那應該是什麼證明書吧」，胸口突然有些發熱。

「這是三度空間的人給你的嗎？」列車長問道。

「我不太清楚是怎麼一回事……」喬凡尼放下心中的不安，看著列車長呵呵笑了起來。

「好的，我們會在接下來的第三時辰抵達南十字星。」列車長將紙還給喬凡尼，往前頭走去。

卡帕內拉迫不及待地探頭過來看那張紙，喬凡尼自己也是。但那張紙只有滿滿的黑色蔓藤和十幾個奇怪的字。一直盯著看的話，會有一種快要被吸進去的感覺。捕鳥人從旁邊瞥了一眼後驚呼：

「哎呀，不得了啦。有了這張車票，就可以到真正的天堂。不只是天堂，還可以隨心所欲地想到哪裡就到哪裡。原來如此，難怪你們可以進入不完整的四度幻想空間，從銀河鐵道通往任何你們想去的地方。你們真了不起。」

「我也搞不清楚是怎麼一回事……」喬凡尼只覺得臉上一陣熱，趕緊將那張紙折起來放回口袋裡。因為實在太害羞了，他只能和卡帕內拉一起眺望窗外的景色，但可以隱約感受到捕鳥人投來「你們真了不起」的眼神。

「快要到老鷹站了。」卡帕內拉看了看對岸三個並排的藍色三角標，接著觀察手裡的地圖後說道。

喬凡尼沒來由地同情起捕鳥人。想起他因為捉到白鷺鷥而開心，想起他用白布將白鷺鷥層層包裹住，想起他對別人的車票感到好奇，又是驚訝又是稱讚的……光是想到這些，喬凡尼就覺得願意為素昧平生的捕鳥人貢獻自己的所有，願意代替他站在那片發光的天河河岸捕鳥捕上一百年，只要捕鳥人獲得真正的幸福——他無法棄捕鳥人不顧。他想問對方：「你真正希望得到的是什麼？」又怕太過唐突，因此遲疑了一會兒。沒想到當他轉頭過去，捕鳥人早已消失無蹤，架上的白色包袱也不見了。原本他以為捕鳥人又跑到外面，凝視著天空準備捕鳥，但往窗外看，只看見一片美麗的砂石與白色的芒草，遍尋不著捕鳥人頭上那頂尖尖的帽子。

「那個人到哪裡去了？」卡帕內拉也怔怔地說。

「到哪裡去了呢？我們要去哪裡才會再見到他？我還有話想跟他說呢……」

「是啊……我也這麼覺得。」

「一開始，我覺得那個人很囉嗦，所以現在心裡很難受。」這真的是喬凡尼前所未有，出生至今第一次湧現的感覺。

「我好像聞到蘋果的味道，是因為我剛剛想到蘋果嗎？」卡帕內拉一臉不可思議地環視四周。

「真的是蘋果的味道，還有野薔薇。」喬凡尼心想現在是秋天，原野上不可能有花的味道，但他怎麼聞，都覺得味道就是從窗外傳來的。

此時，車廂裡出現一個頭髮黑得發亮，看起來差不多六歲的小男生。小男生穿的紅外套沒有扣上鈕扣，打著赤腳不停地發著抖。小男生身旁的青年穿著黑色的正式西裝，看起來個子很高。青年挺拔的身影猶如迎風而立的櫸木，緊緊拉著小男生的手。

「哎呀，這裡是哪裡呀？好美哦。」青年身後還有一個看起來差不多十二歲，有一對咖啡色瞳孔的小女生。小女生身穿黑色外套，挽著青年的手，萬般好奇地望向窗外。

「這裡是蘭開夏州。不是，是康乃狄克州。也不是，啊……我們到天上來了。你們看，那就是天上的符號。不用害怕，我們就要到神的身邊了。」身穿黑色西裝的青年滿臉喜悅地對小女生說。但不知為什麼，他隨即眉頭深鎖，一副疲倦極了的樣子，勉強自己露出笑容，讓小男孩坐在喬凡尼身旁。

接著，青年示意小女生在卡帕內拉身旁坐下。小女生聽話地坐下後，將雙手規矩地交疊放在大腿上。

「我想找菊代姊姊。」小男生一坐下，就神情有異地對才剛在燈塔守衛對面坐下的青年說。青年看著小男生濕濕的捲髮，表情流露出難以言喻的悲傷。小女生突然以雙手掩面，抽抽噎噎地哭了起來。

「爸爸和菊代姊姊還有很多工作要做，但他們之後就會來找我們了。而且媽媽已經等好久了呢。媽媽一定每天都在想，我可愛的正志現在在唱什麼歌呢？下雪的早上，是不是跟大家一起在接骨木樹林裡玩呢？媽媽那麼擔心，我們還是早一點去吧。」

「嗯，可是如果我不坐船就好了……」

「是呀。不過你看看這條壯闊的河，還記得有一年夏天，我們每次休息時都會唱『一閃一閃小星星……』，那時候從窗外看到的夜空就是這樣白白的。我們現在就在那裡哦。你看，很美吧？好亮呢。」

哭泣的小女生用手帕擦了擦眼淚，望向窗外。青年繼續輕聲對那對姊弟說：

「我們不用悲傷。我們正在進行美好的旅行，很快就會抵達神的身邊。那裡既明亮又芬芳，還有許多偉大的人。而且代替我們坐上救生艇的人，一定都會得救，各自回到為他們擔心的爸爸、媽媽身邊。來，打起精神來開心地歌唱吧！」

青年摸了摸小男生濕漉漉的黑髮，在安慰大家的同時，也逐漸找回自己臉上的光彩。

「你們是從哪裡來的？發生了什麼事？」

燈塔守衛總算聽出了一些端倪，便開口問青年。青年露出微笑。

「我們乘坐的船撞到冰山，沉沒了。因為小朋友的爸爸有急事，兩個月前先回國了，我們是隨後出發的。我在大學裡讀書，是他們的家庭教師。到了第十二天，就是今天還是昨天，船撞到冰山後變得傾斜，接著開始下沉。那時候其實有微微的月光，但是霧很大。加上船左邊的救生艇已經坐不下了，不可能所有人都坐上救生艇。眼看著船就要沉了，我拚命喊『請先讓小朋友坐』。前面的人立刻讓開，並為小朋友們祈禱。可是前面還有很多小朋友，他們的爸爸媽媽也在，我實在沒有勇氣把他們推開。之後我覺得保護他們是我的義務，於是決定繼續向前擠。但又覺得與其為了得救而這麼做，或許帶著他們到神的身邊，對他們來說比較幸福。不過我還是希望他們能得救，違背神的罪，就讓我一個人來承擔。但光是看到眼前的情景，我知道事情沒有那麼容易。救生艇上滿滿的小朋友，忍痛放開小朋友的媽媽們發狂般地送上飛吻；爸爸們靜靜地站在一旁，強忍心中的悲傷。船開始下沉的時候，我就做好心理準備，決定在船完全下沉之後抱著他們，能浮多久就浮多久。當時有人拋救生圈過來，但手一滑就拋到離我們很遠的地方。我使盡全力將甲板上的木框拆下來，於是我們三個人就緊緊抓住那個木框。不知道從哪裡傳來（原文缺兩個字）的聲音，於是大家就用各國語言一同歌唱。一聲巨響之後，我們就掉進水裡了。掉進漩渦裡的時候，我緊緊地抱著他們，接著就失去意識……等我回過神來，我們就在這裡了。他們的媽媽前年過世了。嗯，救生艇一定得救了，因為救生艇上有老練的水手，一下子就把救生艇划到離船很遠的地方。」

聽見身邊傳來小小的嘆息與祈禱聲，喬凡尼和卡帕內拉慢慢回想起原本已經遺忘的一些事，眼眶一陣發熱。

（啊，那片大海就是太平洋吧？在冰山流動的極北海域上，有人乘著小船，在刺骨的寒風、冰冷的潮水侵襲下拚命工作。我好同情他。究竟我該怎麼做，才能讓他得到幸福呢？）喬凡尼低著頭，陷入沉思。

「我不知道什麼是幸福，但我知道即使遭遇再大的痛苦，只要我們走在正確的道路上，那麼無論順境或逆境，都會距離真正的幸福越來越近。」

燈塔守衛安慰他們。

「是啊，只要能擁有最美好的幸福，那麼飽嚐痛苦也是一種恩賜。」青年就像在祈禱一般答道。

那對姊弟精疲力盡地在座椅上沉沉睡去，原本打著赤腳的小男生，不知道從什麼時候開始已經穿上一雙柔軟的白鞋。

喀登喀登喀登喀登，火車繼續行駛在閃耀著燐光的河岸上。當他們望向對面的車窗，原野有如一張張幻燈片，除了有成百上千、或大或小的三角標，還有大三角標上的紅色測量旗。原野盡頭雲霧裊裊；而更遠處，不時有各式各色狼煙，陣陣升上藍紫色的天空。清澈美麗的風中，瀰漫著薔薇的香氣。

「怎麼樣？你應該沒看過這種蘋果吧？」曾幾何時出現一堆金黃色、紅色的鮮豔欲滴的大蘋果，燈塔守衛將它們放在大腿上並且用雙手保護，深怕它們掉落。

「哎呀，這蘋果哪裡來的？真是好看。這裡有種這麼漂亮的蘋果嗎？」青年著實感到驚訝，忘我地瞇起眼睛、歪著頭凝視燈塔守衛手中的蘋果。

「來，請拿去吧，別客氣，請拿去吧。」青年拿了一個，看了一下喬凡尼他們。

「來，那邊的少爺，你們也拿吧。」喬凡尼聽到「少爺」這個稱呼，心裡有點生氣，便一句話也沒說；但卡帕內拉說了「謝謝。」青年幫他們一人拿了一顆蘋果，於是喬凡尼也站起來說了聲：「謝謝。」

這樣一來，燈塔守衛才能移動雙手，他在熟睡的那對姊弟大腿上各放了一顆蘋果。

「謝謝你。這麼漂亮的蘋果是在哪裡種的呢？」

青年仔細觀察著蘋果。

「這附近當然有農業，而且可以自動長成很棒的作物呢。只要撒下自己喜歡的種子，就一定會豐收。比如說米，這裡的米和太平洋一帶的米不一樣，既沒有殼又大上十倍，而且味道很香。無論是蘋果還是點心都沒有渣滓，進入人體後就化為各種不同的淡淡香氣，自毛孔擴散。不過你們要去的地方就沒有農業了。」

不久後，小男生猛然睜開雙眼。他說：「我夢見媽媽了。媽媽在一個有氣派櫥櫃和書的地方，她一邊看著我一邊伸出手，還笑嘻嘻的。我跟媽媽說我要去撿一個蘋果給她，後來我就醒了。啊，這是剛才的火車。」

「蘋果在這裡，是叔叔給你的哦。」青年說道。

「謝謝叔叔。咦？薰子姊姊還在睡，我來叫她。姊姊，你看，人家送我們蘋果，快點起來。」小女生笑了。她用雙手揉了揉眼睛，接著看向蘋果。小男生就像在吃派一樣吃著蘋果。一圈圈螺旋狀的蘋果皮，看起來就像軟木塞鑽孔器，還沒掉到地板上，就閃耀著灰白色的光芒，如蒸發般消失了。

喬凡尼與卡帕內拉小心翼翼地把蘋果收進口袋裡。

下游對岸是一大片青翠茂盛的樹林，樹枝上結滿紅潤的圓形果實。樹林正中央有一個高高的三角標，而樹林深處隨風傳來鐵琴、木琴等音色優美的樂聲，彷彿能夠滲透人心。

青年不禁渾身顫抖。

豎耳聆聽，那樂聲既像黃色或淡綠色的明亮原野，也像潔白如蠟的露水擦過太陽表面。

「啊，烏鴉！」卡帕內拉身旁，名叫薰子的小女生喊道。

「那不是烏鴉，是喜鵲。」由於卡帕內拉突然大吼，感覺有點像在罵人一般，喬凡尼不禁笑出聲來。小女生一臉不好意思。閃耀白色光芒的水邊有許多黑色的鳥，鳥兒排成一列，靜靜地在原地享受河川反射的微光。

「那是喜鵲沒錯，因為牠們頭後面的毛比較長。」青年像是在仲裁般打圓場。

火車到了對面那片青翠樹林中的三角標正前方。此時，火車後方傳來熟悉的（原文約缺兩個字）號聖歌，感覺由很多人一同合唱。青年的臉色一陣青一陣白，起身就要往那裡走去，但想了一想後又坐了下來。薰子用手帕遮臉，就連喬凡尼都覺得鼻酸。那首歌卻越來越清楚，最後喬凡尼、卡帕內拉也都跟著唱了起來。

不久後，天河對岸逐漸看不見綠色橄欖樹林閃爍的光芒，而從那裡傳來的樂聲也在火車聲、風聲的影響下顯得微弱。

「啊，有孔雀！」

「嗯，剛剛有很多呢。」小女生答道。喬凡尼看見孔雀在樹林上方展開、收合羽毛時反射的光芒，那光芒現在變得很小、很小，就像一個綠色的貝殼鈕扣。

「對，我剛才還聽到孔雀的聲音。」卡帕內拉對小女生說。

「嗯，我記得有三十隻吧，像豎琴的聲音都是孔雀哦。」小女生回答。喬凡尼心中突然湧現難以言喻的孤單，他臉色一變，幾乎就要脫口說出——卡帕內拉，我們下車去玩吧。

河流分成兩邊，黑漆漆的小島中央有一座高高的樓台，上頭有一個身穿寬大衣裳、頭戴紅帽的男人。男人雙手各拿著一面紅色、藍色的旗子，仰望著天空，用旗子發出訊號。喬凡尼看見那男人先是揮舞紅旗，接著立刻放下紅旗藏在後方，並高高舉起藍旗——男人就像交響樂團的指揮，奮力地揮動雙手。此時，空中傳來傾盆大雨般的聲響，一大片黑色物體就像子彈一樣飛向河流的對面。喬凡尼忍不住將上半身伸出窗外眺望。在美麗的藍紫色天空下，數以萬計的小鳥一組著接一組，發出吵雜的鳥鳴忙亂地飛過。「鳥飛過去了。」喬凡尼在窗外說道；「我看。」卡帕內拉也望向天空。當樓台上那個身穿寬大衣裳的男人舉起紅旗，發狂似地揮舞，鳥群就無法繼續向前飛。河流下游傳來巨大的崩塌聲，安靜了一會兒後，頭戴紅帽的旗手揮動藍旗，喊道：「候鳥們飛啊！候鳥們飛啊！」他的聲音十分清晰。接著，數以萬計的鳥群筆直地飛過天空。當他們伸出頭向外看的同時，小女生也透過兩人之中的車窗仰望天空，她的臉頰有著美麗的光澤。「好多鳥呀，天空真是美。」小女生想要和喬凡尼說話，喬凡尼卻擺出「哼，小鬼頭」的態度一句話也不說，只是望著天空。小女生輕嘆了一口氣，回到自己的座位上。卡帕內拉露出同情的神情，把頭縮回車廂裡看了看地圖。

「那個人在跟小鳥說話嗎？」小女生輕聲問卡帕內拉。「嗯，他在用訊號指引候鳥，一定是因為哪裡在放狼煙吧。」卡帕內拉有些不確定地回答。車廂裡陷入一片沉默。喬凡尼想把頭縮回車廂裡，卻又不想在明亮的地方露臉，於是就這樣默默地站著，接著吹起口哨。

（為什麼我這麼悲傷？我必須有更美麗、更寬敞的心胸，對岸一點一點藍色的火光看起來如煙如霧，是如此的寧靜、冰冷。我要看著對岸，讓自己冷靜下來。）喬凡尼用雙手按著自己又熱又痛的頭，（啊……為什麼無論到哪裡，都沒有人和我一起呢？看到卡帕內拉跟那個小女生聊天聊得這麼開心，我真的好難過。）喬凡尼熱淚盈眶，天河看起來白茫茫的一片，彷彿距離自己很遙遠。

火車慢慢自河流行駛到山崖上方，越往下游，對岸黑色的山崖看起來就越高。接著他們看見高大的玉米樹。在蜷曲的葉片下，隱約可以看見綠色苞葉已長出紅鬚，結出珍珠般的果實。玉米樹的數量越來越多，沿著山崖與鐵道排成一列。喬凡尼不禁將頭縮回車內，望向另一邊的車窗。高大的玉米樹不斷延伸，直到美麗天空與原野間的交界，隨風搖曳的樹，蜷曲葉片上的露水好比白天吸收了滿滿日光的金剛石，閃耀著紅色、綠色的光芒。「那是玉米吧。」卡帕內拉對喬凡尼說，但喬凡尼卻無法重振精神，只能看著原野淡淡地說：「應該是吧。」這時火車開始減慢速度，經過幾個標誌與轉轍器後，停靠在一個小站。

正面那個白色時鐘清楚地指著兩點。沒有風而吹拂、火車也靜止不動，靜謐無聲的原野上，只有鐘擺仍滴滴答答地正確地刻劃著時間。

除了鐘擺的聲音，細微的旋律如絲線般，自遙遠的原野際涯傳來。「是〈新世界交響曲〉。」小女生凝視著這邊自言自語。車內的每個人，包括那個身穿黑衣的高大青年都進入溫柔的夢鄉。（為什麼在這麼安靜、美好的地方，我卻一點也不開心呢？為什麼我這麼孤單呢？卡帕內拉實在太過分了，他明明是跟我一起上車的，卻只跟小女生聊天。我真的好難過。）喬凡尼再次用手遮住半張臉，凝視對面的車窗。清澈的笛音鳴起，火車靜靜地啟程。卡帕內拉有些寂寞地以口哨吹起〈星星之歌〉。

「啊……啊……這裡已經是高原了。」後面傳來老年人的聲音。老人的聲音充滿精神，聽起來像是剛睡飽。「玉米啊，如果不用棒子鑽一個六十公分深的洞再播種，是長不出來的。」

「這樣啊，這裡離河流蠻遠的吧？」「是啊，大概有六百公尺到一千八百公尺吧，完全就是險峻的峽谷。」喬凡尼不由得心想——啊，這裡不是科羅拉多高原嗎？卡帕內拉又寂寞地吹起口哨，小女生望向喬凡尼注視的方向，她的臉龐就像用絹布包裹的蘋果，白裡透紅。突然，眼前再也看不見玉米，只有一片遼闊的黑色原野。〈新世界交響曲〉越來越清楚，自地平線那一端傳來。他們看見一個頭上插著白色羽毛、用許多石頭裝飾雙手與胸前的印第安人出現在黑漆漆的原野上，他拈弓搭箭，狂奔在火車後頭。「哎呀，是印第安人呀，印第安人。快看！」黑衣青年睜大雙眼，喬凡尼和卡帕內拉也站了起來。「他跑過來了，哎呀呀，他跑過來了！他是在追火車吧？」「不，不是追火車。應該是在打獵還是在跳舞吧。」青年似乎忘了現在身在何處，說話的同時將手插進口袋裡。

印第安人的確很像在跳舞，若說在追趕，腳步未免太缺乏效率，應該也會再積極一點。過一會兒，印第安人頭上的白色羽毛感覺就要前傾，他停下腳步，迅速地對著空中拉弓射箭。一隻白鶴飄然墜落，印第安人再次奔跑起來，白鶴掉進他張開的雙臂中。印第安人看起來很開心地笑了。他抱著白鶴望向這裡的身影越來越小、越來越遠。經過兩個閃閃發光的電線杆絕緣套管，眼前又出現一整片玉米。從這一邊的車窗看出去，會發現火車行駛在很高很高的山崖上，山谷裡是寬廣明亮的河流。

「從這裡開始到那片水面為止一路都是下坡，所以沒有那麼簡單。因為實在太斜了，所以火車絕對不會從對面過來。你們看，火車越來越快了吧。」剛才那位老人說。

火車不斷往下走。當鐵道經過崖邊，他們就能稍微瞥見下方明亮的河流。喬凡尼的心情逐漸開朗起來。火車經過一間小屋，小屋前有個看起來很虛弱的小朋友盯著火車瞧。喬凡尼看見那個小朋友，情不自禁驚呼出聲。

火車不斷向前。車廂裡有一半的人倒向後方，緊緊靠著座椅。喬凡尼和卡帕內拉都忍不住笑了。天河就像洶湧的流水自火車旁湍急而過，不時閃耀著粼粼的波光。淡紅色河岸上開滿了石竹花。過了好一段時間，火車才恢復平穩緩慢前行。

對面與這邊的河岸豎立了寫著星星形狀與吊橋的旗子。

「那是什麼旗？」喬凡尼終於開口說話了。「我也不知道，地圖上沒有。那邊有鐵船呢。」「嗯……」「是不是在搭橋啊？」小女生說道。「嗯……那是工兵的旗子，應該是在進行搭橋演習吧，可是沒有看到士兵。」

此時，對岸稍微下游的地方傳來劇烈的聲響，天河裡那肉眼看不見的水猛然騰高，像一根發光的柱子。「爆炸了，爆炸了！」卡帕內拉雀躍地跳了起來。

水柱消失後，肥美的鮭魚與鱒魚跳出水面，露出白亮亮的魚肚，牠們在空中劃出一個接一個圓，再回到水裡。喬凡尼興奮地幾乎要跳起來。「他們是空中的工兵大隊。你看，鱒魚竟然跳得那麼高。我從沒體驗過這麼愉快的旅行，真是太開心了！」「那些鱒魚近看一定有這麼大吧。沒想到這水裡有這麼多魚。」

「不知道有沒有小魚。」小女生加入話題。「應該有吧，有大的就有小的呀。可是我們距離太遠了，看不到小魚。」喬凡尼已經完全恢復精神。興致盎然地回應小女生。

「那一定是雙子星王子的宮殿。」小男生突然指著窗外大喊。

右手邊低矮的小山丘上，有兩座看來像是以水晶建造而成的小巧宮殿。

「雙子星王子的宮殿？」

「媽媽常常說那個故事給我聽。既然那兩間小小的水晶宮殿排在一起，一定就是了。」小女生說。

「你說給我們聽呀，雙子星王子怎麼了？」

「我也知道哦。就是雙子星王子到原野上玩，結果和烏鴉吵起來了。對吧？」

「不是，媽媽是說銀河邊……」「然後彗星就咻──咻──掉下來」「不是啦，小正，那是另外一個故事。」「他們現在在那邊吹笛子嗎？」「現在去海邊了。」

「不是，他們已經離開海邊了。」「對對對，我知道，讓我講。」……

天河對岸微微轉紅，楊樹等樹木一片漆黑。本來望不見的天河波瀾，此時也隱約泛出細細的紅光。對岸的原野上似乎燃著熊熊火焰。滾滾濃煙像要將高高的黛藍色天空燒焦。那團火焰比紅寶石還要鮮豔、明亮，比鋰還要令人陶醉。「那是什麼火？要燒什麼，火才會這麼紅？」喬凡尼說。「那應該是蠍子的火。」卡帕內拉對照了一下地圖。「哎呀，如果是蠍子的火，那我知道耶。」

「什麼蠍子的火？」喬凡尼問說。「爸爸跟我說過好幾次，蠍子是被燒死了，而且那火一直燒到現在。」「蠍子是蟲吧？」「是呀，蠍子是蟲，不過是好蟲。」「蠍子才不是好蟲呢。我去博物館的時候，有看到蠍子被泡在酒精裡。老師說蠍子尾巴有毒鉤，被螫到就會死掉。」「沒錯，不過蠍子是好蟲。爸爸說以前巴魯多拉原野上有隻蠍子一直殺其他小蟲來吃。有一天鼬鼠發現蠍子，想捉蠍子來吃，蠍子逃啊逃地最後還是快要被鼬鼠捉住。沒想到那時候前面有一個井，蠍子突然掉進井裡，之後一直爬不出來。眼看就快要溺死了，蠍子在心裡不斷懺悔——

「我這輩子活到現在，殺生無數，就算我拚命逃離鼬鼠，最後還是落得如此下場。啊……我真是沒用。為什麼不老老實實地把自己的身體獻給鼬鼠呢？這樣至少鼬鼠可以多活一天。神啊，請您看看我的心。請不要讓我死得那麼沒有價值，請用我的身體讓其他人獲得幸福……就在那個時候，蠍子的身體突然燃燒起來，化為美麗的紅色火焰，為其他人照亮黑暗。爸爸說，蠍子一直到現在都還在燃燒，就是那團火焰。」

「真的，你們看，那邊的三角標剛好排成蠍子的形狀。」

喬凡尼覺得在火焰另一邊的三個三角標就像蠍子的螯，而這一邊的五個三角標就像蠍子的尾巴與毒鉤。此外，那團炙紅的火焰就這樣默默燃燒，發出明亮的光輝。

當火車遠離那團火焰，大家都陷入沉默。在一陣花草香氣中，各式各樣熱鬧的音樂、口哨聲與人們的談笑聲傳來，感覺就像快要抵達小鎮，而那裡即將舉辦祭典一樣。

「半人馬座呀，請降下露水——」一直睡在喬凡尼身旁的小男生突然看著對面的車窗大喊。

那邊出現一棵聖誕樹般的青翠檜木，樹上掛滿小燈泡，好比聚集了成千上萬的螢火蟲。

「對了，今晚是半人馬座祭。」「啊……這裡是半人馬村哦。」卡帕內拉隨即說。（以下缺一頁原文）

「我投球很準的！」

小男生抬頭挺胸地說。

「南十字星站就要到了，準備下車吧。」青年對大家說。

「我想再坐一下火車。」小男生說。卡帕內拉身旁的小女生連忙起身，開始準備下車，但她看起來實在不想跟喬凡尼他們分開。

「我們一定要在這裡下車。」青年俯視小男生，堅決地說。「我不要，我要再坐一下火車。」喬凡尼忍不住說：「你們就跟我們一起吧，我們有一張可以想到哪裡就到哪裡的車票。」「可是我們要在這裡下車，才能到天堂去。」小女生落寞地說。

「不去天堂又沒關係，我的老師曾經說，我們要在這裡創造比天堂更美好的地方。」「可是我媽媽已經去了，而且這是神的旨意。」「這種神是騙人的。」「你的神在騙人。」「才不是呢。」「那你的神是什麼神？」青年笑著說：「其實我不知道，但我相信真正的神只有一個。」「真正的神當然只有一個。」「嗯……那是獨一無二、千真萬確的神。」「我剛剛不是說了嗎？我希望你們可以和我們一起見到真正的神。」青年虔誠地交疊雙手，小女生也是。大家依依不捨，臉色都有些蒼白。喬凡尼幾乎要放聲痛哭。

「準備好了嗎？南十字星站就要到了。」

就在這個時候，天河下游出現一座散發藍色、橙色等各式光線的十字架。十字架就像樹一樣矗立在河流中央，上方有蒼白雲霧形成的光環。車廂裡熱鬧極了，就像北方那個十字架出現時一樣，人們開始立正祈禱。四處不時傳來小朋友們開心的聲音、悲嘆的聲音。接著，車窗逐漸來到十字架的正面，如蘋果肉般的蒼白光環也悠悠蕩蕩地圍繞。

「哈利路亞，哈利路亞。」人們的聲音既明亮又歡樂，一陣清澈、爽朗的喇叭聲自遙遠的天空傳來。火車在許多號誌燈、電燈的光線中，逐漸放慢速度，最後剛好停在十字架的對面。「好，我們下車吧。」青年拉著小男生的手，往出口的方向移動。「再見了。」小女生回過頭對喬凡尼他們說。「再見。」喬凡尼拚命忍住想哭的心情，全身僵硬的他感覺就像是在生氣。小女生難受地睜大雙眼，再次回過頭來看之後，就只能默默地走出車外。大半乘客都下了車，車廂裡空蕩蕩的，蕭瑟的風自窗外吹進車內。

他們看見人們畢恭畢敬地排成一列，跪在十字架前的天河水邊。接著，一個人張開雙手越過肉眼看不見的天河流水，向著他們走來。祂身上的白色衣服充滿神祕的氣息。說時遲，那時快，火車此時已經發出清澈的笛音，慢慢地啟程。一片銀色雲霧迅速自下游飄來，火車上的人什麼都看不見，只能偶爾瞥見窗外胡桃樹葉片閃耀的光芒，還有帶著金黃色光環的電松鼠，在胡桃樹上露出牠們可愛的臉龐。

當雲霧散去，他們看見一條不知道通往何處，有一排小燈的街道。這條街道沿著鐵道向前。每當他們通過小燈正前方，小燈就會熄滅；等他們經過，小燈又會再度亮起。彷彿小燈在用這種方式和他們打招呼。

回過頭去看，剛才那座十字架看起來好小，就像可以拿來掛在胸前。看不出青年、小女生他們是否還跪在十字架前的水邊，或者已經抵達不知在何方的天堂。

喬凡尼深深地嘆了一口氣，「卡帕內拉，又只剩下我們了。我們不管到哪裡都要一起去。我現在就像那隻蠍子，只要能為大家帶來幸福，就算要被火燒一百次也沒關係。」

「嗯，我也是。」

卡帕內拉眼眶浮現美麗的淚水。喬凡尼問：「什麼才是真正的幸福？」，卡帕內拉怔怔地回答：「我不知道。」

「我們要打起精神。」喬凡尼深深吸了一口氣，內心湧現全新的力量。

「啊，那是煤袋星雲，就像天空裡的洞！」卡帕內拉有些畏怯地指著天河一處說道。喬凡尼往那裡一瞧，著實嚇了一跳——天河裡真的有一個大洞。他再怎麼揉眼睛，還是看不清洞裡究竟有多深，只覺得眼睛有些刺痛。喬凡尼說：「現在就連這麼巨大的黑暗，我也不怕。我一定要找到人們真正的幸福，無論到哪裡，我們都要一起去哦。」「好，我也一定要找到。啊……那片原野好美呀。大家都在那裡，那裡就是真正的天堂嗎？我看見我媽媽了。」卡帕內拉指著遙遠的美麗原野大喊。

喬凡尼也看了過去，但他只看見白茫茫的一片，並不像卡帕內拉說得那樣。喬凡尼感到一股無以言喻的寂寞，怔怔地望向那邊。對面河岸上的兩根電線杆彷彿手牽手般，中間橫著一根紅木。「卡帕內拉，我們要一起去哦。」喬凡尼回過頭望向卡帕內拉坐著的座位，但卡帕內拉的身影早已不在，只剩下空空如也的天鵝絨座椅。喬凡尼像子彈一樣奮力起身。為了不讓其他人聽見，他將身子伸出窗外，接著激動地吼叫、用力地捶胸，最後失聲痛哭。他的世界彷彿陷入一片黑暗。

喬凡尼睜開雙眼，發現自己因為太累，在山丘上的草地裡睡著了。他感覺胸口異常地熱，臉頰上滿是冰冷的淚水。

他跳起身來，山丘下的小鎮一如方才般燈火通明，感覺卻比剛才熾亮。夢裡的天河依舊是白茫茫的一片，在南邊漆黑的地平線上方如煙如霧，而天河右邊是天蠍座那顆閃耀美麗光芒的紅色星星。天空整體的排列沒有什麼改變。

喬凡尼一口氣跑下山丘。他滿心掛念著還沒有吃晚餐，一直在等他回去的媽媽。他穿過黑色的樹林，繞過牧場的白色柵欄，從剛才經過的入口走到昏暗的牛舍前。一輛載著兩個木桶的車停在那裡，看來應該是有人回來了。

「晚安……」喬凡尼喊了一聲。

「來了。」一個穿著白色寬大褲子的人立即出來回應。

「有什麼事？」

「我們家的牛奶今天沒有送來。」

「啊，抱歉。」那人隨即到後方拿了一瓶牛奶給喬凡尼，笑著說：

「真是抱歉，我中午沒關好柵欄，結果蛇立刻鑽進來，把大半的牛奶都給喝了。」

「這樣啊，那我先回去了。」「謝謝你，真是抱歉啊。」「沒關係。」喬凡尼雙手抱著溫熱的牛奶，走出牧場柵欄。

他穿過通往大街的林蔭道，繼續向前走一會兒，就到了剛才與卡帕內拉他們相遇的十字路口。從十字路口的右手邊，可以看到剛才一行人前往放王光燈籠的那條河川，大橋旁的那座高台，靜靜地矗立在夜空中。

七八個女人聚集在十字路口轉角處的商店前，一邊看著橋一邊交頭接耳地，不知道在說什麼事情。橋上聚集了許多燈光。

喬凡尼沒來由地覺得胸口涼了一半，突地對著身邊的人大叫：

「發生什麼事了？」

「有小朋友掉進河裡了。」一個人回答喬凡尼之後，其他人便不約而同地看著喬凡尼。喬凡尼什麼也沒想就往橋的方向跑去，橋上人山人海，無法看見下面的情況。人群中還有穿著白色衣服的巡警。

喬凡尼跳下橋墩，走向寬廣的河岸。

河岸邊有許多上下移動的燈光，對岸昏暗的堤防旁也有七八個移動的亮點。灰色的水面上已經看不見王瓜燈籠，河流裡的水靜靜地向前流動。

最下游的河岸有一塊沙洲，好多人站在那裡。喬凡尼往那裡跑去，看見剛才和卡帕內拉在一起的馬爾索。馬爾索跑向喬凡尼：

「喬凡尼，卡帕內拉掉進河裡了。」「為什麼？什麼時候？」「就是札內利想從船上把王瓜燈籠推到水流比較順的地方，沒想到船一晃，他就掉進河裡去了。卡帕內拉立刻跳進水裡，把札內利推到船上。加藤抓住札內利，可是沒有看見卡帕內拉。」「大家都在找吧？」「對啊，大家馬上就來了，卡帕內拉的爸爸也有趕來，可是一直沒找到。札內利被帶回家了。」喬凡尼走向大家，看見卡帕內拉的爸爸。卡帕內拉的爸爸膚色蒼白、下巴尖尖的，他穿著黑色衣服，在學生與鎮上人們之中立正站著，默默注視他右手的錶。

大家都盯著河面看，沒有人吭聲。喬凡尼雙腿直打顫。捕魚用的電石燈來回穿梭。河水不停地流動，昏暗的水面上餘波蕩漾。

倒映著大片銀河的下游處看起來一點水也沒有，彷彿真正的夜空。

喬凡尼不禁心想卡帕內拉已經到了銀河的另一頭，再也回不來了。

但大家卻覺得卡帕內拉會從水波間游出來說：「我游了好久哦。」或者是在沒有人知道的沙洲上站著，等待大家的救援。不久後，卡帕內拉的爸爸毅然決然地說：

「沒救了，他掉進河裡已經超過四十五分鐘了。」

喬凡尼不自覺地衝到博士面前。他很想告訴博士──我知道卡帕內拉在哪裡，我剛剛還跟他在一起的。但他一句話都說不出來。博士以為喬凡尼是來跟他打招呼的，看了喬凡尼好幾次。

「你是喬凡尼吧？今天晚上，謝謝你們。」博士有禮貌地說。

喬凡尼還是沉默不語，只能向博士行禮。

「你爸爸回來了嗎？」博士緊緊握著手錶，又問了一句。

「還沒。」喬凡尼輕輕地搖了搖頭。

「怎麼會？他前幾天還寫了封很有精神的信給我，今天應該要回來了才是。一定是船耽擱了。喬凡尼，明天放學以後和大家一起到我家玩吧。」

博士說話時再度望向倒映著銀河的河面。喬凡尼百感交集，不知道該說些什麼才好，只能靜靜地自博士身邊走開。一想到得快點把牛奶還有爸爸即將回來的消息帶回去給媽媽，他馬上邁開步伐，卯足全力往鎮上的方向飛奔而去。

賢治小專欄❻

未雕刻完成的璀璨寶石；各版本的〈銀河鐵道之夜〉

〈銀河鐵道之夜〉是宮澤賢治最為人喜愛的作品。

賢治的作品有一個很大的特點，就是內容總是經過反覆的推敲與增修改寫。

〈銀河鐵道之夜〉共有四個版本，以最後一個版本最為人所熟悉，目前市面上的書籍大多以此版本為準。直至賢治三十七歲那年死亡，這本小說仍在草稿階段，中間有部分尚未完成。

自第一版本草稿開始，賢治花費長達十年的時間修改，曾歷經三次大幅度的改寫。第四版與前三個版本的最大不同之處，在於前三個版本裡都有一位布魯卡尼諾博士。這個腳色在書中扮演著舉足輕重的地位。

喬凡尼的睡眠其實是布魯卡尼諾博士所進行的催眠實驗，旅途中喬凡尼曾聽到好幾次博士「猶如大提琴般聲音」的說明與指示，卡帕內拉消失後，博士以「帶著黑色大帽子高瘦蒼白的大人」的樣貌出現在車內，手拿一本不可思議的《地理與歷史的辭典》，教導喬凡尼思考的方向以及今後應該前進的道路。

到了第四版本，在前三個版本中舉足輕重的博士被刪去，取而代之的是卡帕內拉父親的腳色，並經由這個腳色，宣告了卡帕內拉的死亡。

若非賢治英年早逝，如今呈現在大眾眼前的〈銀河鐵道之夜〉，恐怕又是另一番面貌。

不畏風雨

不怕雨
不怕風
也不怕冰雪與酷暑
擁有強健的體魄
沒有貪欲
也絕不生氣
總是微笑沉靜
每天吃四合糙米
味噌與些許野蔬
遇到任何事情
都淡然處理
仔細觀察、傾聽與了悟
之後銘記在心
居所是偏遠松林的樹蔭下
一間小小的茅草屋

當東邊有孩子生病
便去照顧
當西邊有母親疲累
便去分擔她肩上的稻束
當南邊有人即將死去
便去安撫他的恐懼
當北邊有人爭執、興訟
便去對他們說：「停止無聊的鬧劇吧！」
為乾旱流淚
為涼夏可能歉收而不安踱步
即使被人說自己一無是處
沒人讚揚
也不以為意
我想成為
這樣的人

推薦序　永遠活在人們心中的童話詩人

文／銀色快手（日本文學評論家）

日本動畫大師宮崎駿曾在訪談中多次提及他希望在作品中體現宮澤賢治的精神。誰是宮澤賢治？他是一百年前誕生於岩手縣花卷町（今花卷市）的童話作家、詩人、農業改良學者、博物學家、素食主義者及小學教師。在他有生之年，未曾從出版品上獲得任何實質的報酬，也從未得過任何文學獎項，與他死後受到文學評論家廣泛的推崇，被賦予的文學評價和地位，幾乎是天壤之別。

宮澤賢治的父執輩篤信淨土真宗，從小在佛教信仰環境中成長。他也研讀過聖經，對於天堂和地獄，人類的原罪與救贖的觀念相當有興趣，他相信有造物主的存在，更相信宇宙萬有皆互相感通，如同阿凡達的世界觀，這也和日本神道教萬物皆有靈的泛神論息息相關，他甚至連一塊不起眼的礦石、連一坏腳下的泥土都視若珍寶，耐心且熱切地從事研究工作。

他天性悲憫、樂於助人，卻在三十七歲那年不幸死於肺炎，壯志未酬的他，還有許多沒有實踐的理想和願望，包括改善家鄉的農業耕作環境，爭取農民應有的社會福利，擴大農村的基礎教育，還有他一輩子奉獻心力不求回報的文學創作，他的童話不僅為孩子而寫，也為大人而寫，其豐富的想像力，讓人意想不到的故事情節，絕對不會輸給宮崎駿的動畫卡通。

晚期的宮澤賢治，即使工作再忙碌，也不忘抽出時間為孩子寫故事，將許多人生寓意和感悟融入故事之中，傳遞善的思想與勞動者的心情給小朋友和大朋友們，宮崎駿以及諸多的日本作家也是他的忠實讀者和粉絲，宮澤的作品文學性很強，充滿哲學思考的深度與力道，文字散發著無限的想像空間，又融入了宗教上的犧牲與救贖的概念於其中，是相當耐讀，值得一再品味的作品。

賢治相當體恤勞動人民的辛苦，雖然是在富裕的家庭中成長，但他時時刻刻莫忘為人民謀福祉，為人民奉獻他的所學，忙碌之於還會教大家唱他編寫的歌謠，配合舞蹈盡情紓解壓力，帶領他們欣賞童話作品，甚至寫有趣的故事劇本，教大家如何演戲，享受淳樸農村的生活情趣。這是文學作家不為人知活潑幽默的一面。

而我們所熟知的動畫導演宮崎駿則利用原創動畫作品作為媒介，把影響他一生的精神導師——宮澤賢治的童話世界加以發揚光大，透過影像畫面感染更多的觀眾，提醒人們時常記得珍惜生之喜悅、死之哀戚，以及人與大自然永續共生的正面態度，要鼓起勇氣、燃燒熱情，開拓未知的道路，為幸福奔走，給予更多人生存下去的希望。

筆者在初冬時節坐在東京西荻窪巷弄內的懷舊珈琲屋どんぐり（橡實）舍，忽然想起這位同樣影響我一生的日本童話詩人，隨著留聲機播放出來悠揚的背景音樂，寫出這段文字向偉大的宮澤賢治先生致敬，我相信他筆下的童話故事，也會在讀者的內心深處點亮珍貴的貝之火，溫暖每個渴望愛又需要陪伴的脆弱心靈。

本書製作參考書目

1.《宮澤賢治的力量》（宮沢賢治のちから）山下聖美，新潮社 2008.9

2.〈注文（訂單）很少的書〉（注文の少ない本）早坂曉，收錄於角川文庫《要求很多的餐廳》（注文の多い料理店）1996.6

3.〈宮澤賢治《銀河鐵道之夜》精讀〉（宮沢賢治「銀河鉄道の夜」精読）鎌田東二，岩波書店 2012.2

4.日本維基百科 銀河鐵道之夜
http://ja.wikipedia.org/wiki/%E9%8A%80%E6%B2%B3%E9%89%84%E9%81%93%E3%81%AE%E5%A4%9C

5.《令人想再讀一遍的宮澤賢治》（もう一度読みたい宮沢賢治）寶島社 2009.6

6.《新編 銀河鐵道之夜》（新編銀河鉄道の夜）新潮社 2012.4

7.《新編 風之又三郎》（新編風の又三郎）新潮社 2012.5